暴食のベルセルク 8

Berserk of Gluttony

『エリス、俺から離れるなよ』
フェイト
『はい。チャンスは一度です』
エリス

『一緒に帝都へ行けないのは残念』
マイン
『無理はしないようにしてくださいね……』
ロキシー

「お前な……なんで、
あの時にあんな無茶を
してんだよっ！」
「ああするしか、
方法がなかったからだ。
でもこうして戻って
来られたわけだ」

暴食のベルセルク
～俺だけレベルという概念を突破して最強～
⑧

著：一色一凛
イラスト：fame

GCN文庫

Contents

Berserk of Gluttony
8

Story by Ichika Isshiki
Illustration by fame

第1話　静かな朝

ハウゼンの夜明けを一人で見ていた。

いつもなら、地平線の彼方(かなた)から現れる太陽。だが、今は違う。

高く浮上したガリア大陸がそれを遮っていた。そのさまは後光に照らされて、荘厳だった。

何も知らなければ、俺も領民たちのようにただ見惚れてしまうだろう。

「やあ、フェイト」

「ライネ⁉」

「そんな驚いた顔して、どうしたんだい？」

「だってさ。お前がこんなに早く起きるなんて珍しいから」

「私もたまには早く起きる。噂の光景はぜひ見ておきたかったから」

俺が座っている屋敷の中庭のベンチ。

そこへライネも腰掛ける。

「聞いたよ、グリードを失ってしまったって。でも元気そうで何より。取り越し苦労だったようだ」

「マインのおかげかな。まだ諦めてはいけないって教えてもらったんだ」

「そうかい。なら、これを君に渡しておこうかな」

ライネは封筒を渡してくる。

「誰から？」

「君の父親……ディーンからさ」

「父さん⁉」

シワ一つない真っ白な封筒を握る手に思わず、力が入ってしまう。

「それと伝言、ガリアの深部で君を待っているって。どうする？」

「決まっている」

俺はライネを見据えた。

そんな俺に彼女は困ったように微笑んだ。

「血は争えないか。君たちは本当に似ているね」

「似ている？」

昔なら嬉しかったと思う。

でも今はそう言われると、気持ちの反発がある。

父さんは彼の地への扉を開いてしまった。

今では至るところで、魔物が蘇(よみがえ)ってしまい人々を苦しめ始めている。

小さな村がいくつも魔物に襲われて壊滅したと聞く。

もっとも人が多く住まう王都では、人の匂いに誘われるように魔物が集まっているそうだ。そう遠くない未来にデスマーチが発生する危険がある。

アーロンや白騎士たちが、必死で守っているので今のところは食い止めているそうだ。

そんな状況を作ってしまった父さんに似ていると言われて、なんとも言えない気分だ。

「君の父親は、生まれながらの性(さが)に囚われている」

「それってスノウと同じ……」

「聖刻だね。神からの天啓、それは決して逆らうことができない」

「彼の地への扉を開くことは父さんの天啓だというのか？」

「今までの状況を見るにそうなるだろう。あの人の彼の地への扉へのこだわりと、それを為(な)していた時、頬に聖刻が現れていたから」

でも、それならおかしい。

ライブラは、彼の地への扉が開くことを止めようとしていた。

父さんはその逆に扉を開こうとしていた。

「ライブラと父さんがやろうとしていることは真逆だ」

「同じ聖獣人だとしても、彼らの天啓は違っているんだよ、おそらく」

「それって⁉」

「神の意志は一つではない。きっと複数あるんだよ。各々が与えられた使命を全うするようになっているのかもしれない。それにね、君の父親はライブラを嫌っていた。何らかの因縁があるようだった。これは天啓ではなく、個人的なものだろうね」

複数ある天啓か……。

一つの天啓をすべての聖獣人に与えれば、効率的に叶えられるはずなのに。なんでそんな面倒なことを。互いの天啓が反発しあったら、何も叶わないかもしれないのにさ。

「神様の考えはわからないな」

「そうさ。わかっていたら私たちは苦労することなく、生きていけるかもしれない。それに案外、たくさんの道が用意されていて、その選択は委ねられているのかもしれない」

「たくさんの選択……」

「その方が研究者としても面白い」

「結局は自分のためかよ」

「フフフ……たくさんの研究できる方がいいから」

「まったく……ライネは」

　呆れていると、彼女は俺の胸を触ってきた。

「ちょっ……」

　俺は突然のことで驚くが、ライネは至って真面目だった。

「最近、体の調子はどう？」

「元気だよ」

「嘘」

「そんなことは……」

「フェイトは嘘をつくのが下手ね」

「なっ⁉」

　的確な指摘に俺は固まっている。

　それをいいことに、ライネはベタベタと俺の体を触りまくる。

「もうっ、いいだろ！」

「やっぱりね。いつからなの？　こんな状態になったのは？」

彼女には隠すつもりはなかった。

暴食スキルに侵される体を、王都ではずっと診てもらっていたからだ。

それでも、いざ体に目に見えて変化が起こってしまえば、迷いも出てくる。

こうやって無理矢理でも診てもらえたことは、案外ありがたかったのかもしれない。

「一週間前からかな」

「あぁぁ。なんで早く言わないの」

「忙しくてさ」

「まったく、これだから手がかかる」

ライネは俺の服を引っ張って、正面に向かせてくる。

「さあ、脱いで」

「ここで⁉」

「他に人はいない。安心して」

「できるか！」

それでも俺の服を脱がそうとしてくる。

彼女の悪い癖だ。

知りたいと思ったら、すぐにでも調べないと気がすまない性格だ。

このままでは白昼堂々、中庭で全裸にされかねない勢いだった。

だが俺の背中を見た途端、彼女は手を止めた。

「なるほどね。やっぱり、親子か。君の父親にあったものと同じね」

「これが、父さんにも」

「君よりも大きく、力強い翼を持っていた」

「それってつまり」

「これは、暴食スキルの影響ではない。聖獣人の因子が君にも現れている」

「なんで今頃になって」

そう聞く俺に、ライネは宙に浮くガリア大陸を見ながら言う。

「彼処にいる君の父親が言っていた。君は聖獣人の力に目覚めようとしているって。それを可能としたのが暴食スキル」

「このスキルが？」

「そう。か弱い人間では聖獣人の力を支えられない。だけど、暴食スキルによって、君はEの領域に達した。それによって、聖獣人の力が目覚めるきっかけになった」

母さんが人間。父さんが聖獣人。

俺は両方の血を受け継いだハーフということになる。

生まれてからずっと人間だったのに、今頃になって聖獣人としての力に目覚めつつあるなんてな。

「その影響で暴食スキルとの均衡が保たれつつある。最近、調子いいでしょ？」

「ああ、察しの通りさ。今まで守ってくれていたルナがいなくなったから、かなり厳しいと思っていたけどさ」

これがいいことなのかはわからない。

ルナが旅立ってから、精神世界に行くことはなくなった。

そして、もう一人の俺である暴食スキルにもあれから会っていない。

あの時の戦いでは、なんとか俺が勝ったが次はどうなるかわからない。

今まで鳴りを潜めていた暴食スキル。

それが表に出てきたのは、もしかすると目覚めつつある聖獣人の力に焦っているからなのかもしれない。

「どちらにせよ、フェイトの体について良い情報源を得たから、時間がほしい」

「情報源？」

「君の父親からエーテル血晶を託された。神の血で構成されたという奇跡の石らしい。私はその力によって、私と一緒に王都の研究施設から持ち出した賢者の石を浄化していた」

「賢者の石⁉」

先日、ハウゼンの地下で戦った集合生命体シンの分体のことか⁉

あのとき、父さんは確かに賢者の石を手にしていた。見た目は変わっていないように見えたが……。

「ええ、この目で見たわ。あの石に宿っていた意思を浄化していた。あれを使えば、暴食スキルも同じように意思を浄化できるかもしれない。そうなればフェイトは、暴食スキルをコントロールできるようになるはず」

「夢のような話だな」

「私は夢だとは思わない。君の父親はエーテル血晶を息子のためにと言って、託した。あの人が嘘を言っているようには見えなかった」

父さんが俺のためにそんなものを……。

「嬉しがるのはまだ早い。エーテル血晶を調べるのに時間がかかる。機器はハウゼンの地下にある古(いにしえ)の都市グランドルにある。しばらくは地下にこもって研究三昧」

「嬉しそうだな」

「これが私の天職だから。気が向いたら、掃除に来て」

「たまには自分でしてくれよ」

「フェイトの仕事を取るわけにはいかない」

「おいっ、俺はこれでもハウゼンの領主なんだけど」

これで言いたいことはすべて言ったとばかりに、ライネはベンチから立ち上がる。

「じゃあ、研究があるから」

歩き出す彼女の背中に声をかける。

「おい、ムガンには無事を伝えたのか？」

父親であるムガンは、誘拐されてから娘をずっと心配していたのだ。

ライネのことだ。研究のことばかり考えていて、連絡していない恐れがあった。

まさかを考えて、念のために聞いてみた。

すると、ライネはぽかんとした顔をした。

「あっ！　忘れていた!!」

「なんてことだ！　ムガンが王都で泣いているぞ。早く連絡するんだ！」

親に心配ばかりかけているな。

相変わらずなライネだった。

それでも俺のために力を貸してくれるのは、素直に嬉しかった。

第２話　憤怒と暴食

人騒がせなライネだ。

親に知らせを忘れているくせに、結局はそれよりも研究を選んでしまった。

しかたない。俺の方から連絡するしかなさそうだ。

セトに頼んで、王都にいるムガンに娘の無事を知らせるために早馬を用意させた。

「お前も大変だな」

セトが苦笑いしながら、部下の武人たちに王都への報告書を渡していた。

元々、ハウゼンで起こったことを王都に知らせる必要があった。

そのついでとばかりにお願いしたわけだ。

「そういえばエリス様の姿がこのところ見えないけど、フェイトは知っているか？」

「ああ……エリスなら、あそこへ行くための方法を探しに行ったよ」

見上げた先、空中に浮上したガリア大陸だ。

空高くに浮いているから、歩いて上陸はできない。

ロキシーが天使モードになって、ガリア大陸へ運ぶと言ってくれてはいた。

しかし、あの姿はスノウとロキシーの力を大きく消費してしまう。ただ俺たちを運ぶために、天使モードを使うのはもったいない。

上陸してからが本番なのに、彼女たちがヘロヘロでは問題だからだ。

上陸手段に関しては、エリスがいい方法があると言い残して、どこかに行ってしまったのだが、その方法が一体何なのか、見当もつかない。

「碌でもないことじゃなければいいけど」

「フェイトってエリス様の信頼度が異常に低いよな」

「当たり前だ。今までのことを思い返したら、碌なことはなかった」

「例えば？」

「毎日、裸のエリスに寝込みを襲われそうになった。おかげで寝不足だ」

「なっ！　なんて羨ましい！」

セトはエリスが大好きだったようだった。女性として美しいのは俺もそう思う。

しかし、俺はエリスの行動に違和感を覚える。エリスはいつも俺にそのようなことをするけど、好意とは違ったものを感じてしまうからだ。それが何なのかは、まだわからない。

彼女は未だに秘密が多いからだろうか。

「お前な！　あのエリス様だぞ。この王国の女王陛下で、絶世の美女だぞ。そのエリス様にあれだけ熱烈アプローチされていて、何も反応しないお前が本当に男なのか、俺としては怪しくなってくる。一体、何が不満なんだ！」

「興奮するな。早口で喋りすぎだ！」

う～ん、最初は裸のエリスにびっくりしてドキドキしてしまった。

しかし、連日となってくると人間というものは段々と慣れてしまう。

今では裸族のエリス。

そんな認識だ。

ベッドに裸で横たわっていても、いつも風景として定着してしまっている。そして触らぬ神に祟り（たた）なしである。

「今日も裸だなと思うくらいだ」

「この!?　なんて贅沢な……エリス様のお裸だぞ！　けしからん！　けしからんぞ！　なんて羨ましいんだ!!　俺と代われ、代わってくれ!!」

「落ち着けって」

今思ったのだが、セトはおそらくエリスの色欲スキルによる魅惑にかかっているのではないだろうか。

　この錯乱気味なところが特にそう感じさせる。

　たぶんセトがエリスよりロキシーを敬っていたから、いたずらをされたのだろう。

　エリスが帰ってきたら、所構わずに魅惑を振りまくのをやめさせたほうがよさそうだ。

　本人はカリスマ性を維持するためだと言っていたが、俺の領地ハウゼンで要らぬ混乱を招いてもらっては困る。

　今もセトはため息を吐きながらエリスの名を連呼していた。

　そんな彼の背後で冷めた目を向ける幼い少女がいた。

「パパ……またエリス様のことを言っている」

「はっ！　アン……これはその……」

「約束したでしょっ！」

「ごめんなさい」

　どうやらセトはエリスに夢中になるのを愛娘に禁止されているようだ。

　幼い娘に叱られる父親。

　なんとも悲しい構図だろうか。

「まだ職務があるでしょ。早く仕事に戻るっ」

「はい」

セトはしょんぼりしながら、アンに連れられて行ってしまった。

うん、このままでは親子関係の危機だ。

エリスにはセトで遊ぶなとキツく言っておこう。

「まったく、こんなときに何をやっているんだ」

女王陛下の遊びにも困ったものだ。

ため息を吐いていると、後ろから突然抱きつかれた。

こんなことをしてくるのは、エリスに決まっている。

やっと帰ってきたのか……と思ったが、感触がいつもと違う。

なんというか、背中に当たる感じが違うのだ。

「ボリュームが足りないような……」

「どういうこと？」

その声で振り向くと、白い髪に褐色の肌の少女がいた。

「マイン⁉」

普段の彼女はこのようなことをしない。

「どういうこと？」

「苦しい……」

抱きついた手にとてつもない力がこもり出していた。

折れる。このままでは確実に背骨を持っていかれる。

自動回復スキルと自動回復ブーストスキルをもってしても、治せるかどうか、怪しいぞ。

「参った！　参りました！　エリスと勘違いしただけだよ。他意はない」

「……とりあえず、わかった」

折れる寸前のところで解放された。

ふ～、危なかったぜ。

ガリア大陸での戦いの前に、戦闘不能に陥るところだった。

「どうしたんだ、いきなり？」

「たまにはエロ（エリス）の真似をしてみようと思って」

「なんでまた」

「なんとなくしたくなった」

これだ。そう！　最近のマインは、何かにつけて俺に絡んでくる。

初めは猫のようにじゃれついているのだろうと思っていた。

しかし、相手は猫の顔をした虎だ。猛獣だ。

油断をしていると、がぶり！　なんてこともあり得る。
俺は警戒している。
今までの関係は常に付かず離れずといった感じ。互いに一定の距離感があった。
しかし、マインの過去の一件から、突如として一気に距離が縮まった。
彼女の方から急接近である。
俺はまだこの唐突なゼロ間合いに慣れていない。
ドキッとするから、行動に移すときは声をかけてもらいたい。
果たして裸族のエリスのように慣れるのだろうか。
怪しいところだ。
「フェイト、聞いている？」
「なに？」
まったく聞いていなかった俺に対して、マインはご立腹だ。
手に黒斧スロースを持っていたら、フルスイングで星になっていただろう。
頬をリスのように膨らませるマイン。
どうしたものやら。なんて思っていると、笑われてしまった。
マインの笑顔。

これはだいぶ見慣れてきた。

あの無表情だったマインが取り戻した感情だ。

過去の一件から立ち直った彼女は、感情と味覚が蘇った。

新しいことを始めたいと言って、料理をロキシーに教わっており、俺はよくその実験台にされている。

料理の腕のほうは、天才的な戦いと違って、まだまだ修行が必要なようだ。

そんなマインは俺を見つめながら、恥ずかしそうに言う。

「あの時のこと……フェイトはどう？」

マインが言うあの時のこと……それはおそらく、いやあれしかない。

俺が先日、屋敷の風呂に入っているときのことだ。

侵入してきたマインと半ば強引に混浴することになった。

そこで彼女に告白された。

場所が場所だけに、内容が内容だけに、慌ててしまい。

あわわわっとしているうちに、女性陣の乱入があった。

女性陣とはロキシー、メミル、エリス、スノウだ。

マインとの混浴についてどういうことかと詰問される始末。

結局、告白は有耶無耶になってしまっていた。

「あの告白のことか？」

「そう」

「俺は……」

ロキシーが好きだ。

そう言おうとしたら、唇を指で軽く押さえられてしまった。

「知っている」

マインはその先を言わせてくれない。

それだけ言って、話を続ける。

「フェイトは嫌だった？」

「嫌じゃなかった。嬉しかった」

「なら、今はそれで十分」

「どういう意味だ？」

答えがわからずに訊く俺に、マインは嬉しそうな笑顔を見せた。

そして、長年生きてきた彼女らしい答えを教えてくれる。

「私には時間がある。途方もない時がある。フェイトも同じ」

「それってまさか……」

マインは四千年以上生きているという。

それは大罪スキルを保持していることが関係しているらしい。

つまり、俺もこれから信じられないくらい長い年月を生きる可能性がある。

「今はロキシーに譲る。でも百年後、二百年後にはフェイトは私のものになる。それからはずっと一緒にいる」

「なっ⁉」

「問題ない」

おいおい、なんていう気の長い話だ。

たしかにロキシーは普通の人間だから、そこまで生きられないだろう。

「マイン……お前」

「私を助けてしまったのが運の尽き。因果応報」

「そこまで卑下することはないだろ」

「なら、善因善果！」

嬉しそうにマインはまた俺に抱きついてくる。

百年後、二百年後なんて先のことはわからない。

マインが今を精一杯生きることを選んだように、俺もその積み重ねの先によりよい未来があると信じるだけだ。

第3話　天使モード

上機嫌なマイン。

しばらく俺の周りをぐるぐると回っていた。

「何かの儀式か？」

「これはフェイトの視界に入るように頑張っている」

「いやいや、頑張る方向がおかしいだろ」

「そう？　スロースがそうするのが良いって言っていた……」

またスロースか。

このところ、マインの行動におかしなところが多々ある。

聞いてみたら、入れ知恵をしているのはいつもスロースだ。

「もしかして、抱きついてきたのもそうなのか？」

「ん？　あれは私がしたくなっただけ。またそのうちする」

「いいけど……背骨まで締め上げないでくれよ」

「善処する」

目を逸らしながら言われると、善処しない恐れがありそうだ。

時と場合によっては締め上げるといったところか。

長い付き合いなので、彼女の思考はよくわかる。

「エロ（エリス）はまだ帰ってこない？」

「そうなんだよ。ガリア大陸へ乗り込むための手段を見つけてくるって言っていたのにさ」

「どこかで道草を食っている？」

「さすがにそれはないだろ」

「誘拐された？」

「そんな玉じゃないさ」

彼女は大罪スキル持ちでとても強い。

そんなエリスを誘拐できるのは、それを越えた力を持つ者のみ。

心当たりがあるとしたら、聖獣人くらいだ。

エリスは聖獣人の一人であるライブラと因縁があるという。

何があったのかは知らない。エリスは話したくなさそうだった。

ライブラのことになると弱さを見せる彼女に、俺は無理やり訊く気にもなれなかった。

それでも教えてくれたことは、二つ。

ライブラの二つ名は調律者。

天啓はおそらく、「世界の理(ことわり)を乱す者の排除」らしい。

それが本当なら、あの浮上したガリア大陸をライブラが見逃すわけがない。

併せて大罪スキル保持者の俺たちもなのだが……。

俺とマインは話をしながら、ずっとハウゼンに近づく魔力はないか、探っていた。

エリスが戻ってくればすぐにわかるようにだ。

「フェイト！」

「ああ、この魔力の感じはエリスだ」

噂をすればなんとやら。

エリスがものすごい速さで俺たちがいるハウゼンに向かっている。

そして、もう一つの強大な魔力も近づいていた。

「これって……まさか……」

「ライブラ、間違いない」

なぜ、エリスがライブラと一緒なのか!?

彼女はライブラを今度こそあの世に送ってやると言うほど、憎んでいたはず。

それなのにどうして？

ライブラに会ったときのエリスは普通ではなかった。戦うと言っていたが、恐れが体中から溢れ出していた。

そんなトラウマレベルの相手と一緒に行動ができるだろうか？

「信じられない……」

「でも、この魔力は真実。エリスとライブラがここへ来る」

マインはすぐにスロースを取りに自室へ駆けていった。

俺はずっと腰に下げていた黒剣に手を乗せる。

いつもなら、頼れる相棒が口悪く助言をくれる。

しかし、今は沈黙が続いている。

以前の戦い——聖獣アクエリアス戦によって、俺はグリードを失っていた。

ライブラはその戦いを仕掛けた張本人。

俺にもあいつとは因縁がある。

それに、ハウゼンに住む人々の命まで奪おうとした。彼の地への扉を開かせないためなら、他愛もないことだと思っているのかもしれない。

「フェイ！　この気配はっ！」

ロキシーも気が付いて、慌てて駆け寄ってきた。

いつでも戦えるように装備もしっかりと整えている。

「お察しの通りさ」

「エリス様と……ライブラがなぜ？」

「俺もそれを知りたいと思っていたところさ」

「そうですね。私もあの二人が共に行動するなんて考えられません」

二人は南からハウゼンに近づいていた。

その方角を屋敷の高台から眺めている。まだ、見えそうにないな。

「ライブラはまたハウゼンを狙っているのでしょうか？」

「さあな。もうすでに彼の地への扉は開かれた。ここにあるのは地下都市グランドルくらいだ。あそこには復活を拒んで亡霊となってた人たちしかいないけど……」

大罪スキル保持者が邪魔ならエリスと共に行動するのはおかしい。地下都市グランドルについて、ライネから有用な古代の情報がたくさん残っているとは聞いている。

その情報を知られたくなくて、ここに来ようとしているのか？

いや、それならもっと早くに行動を起こしているはずだ。

ぐるぐると考えを巡らせたところで、ライブラの狙いがわかるわけもない。

「ハウゼンの中へライブラを入れることはできない。俺たちの方から会いに行こう」

「はい」

走り出そうとすると、後ろから声をかけられる。

「なら、私はここでまた留守番ですね」

振り向くとメミルがいた。

今日もシワ一つないメイド服を華麗に着こなしている。

「いつも悪いな」

「いいですよ。ここからフェイト様の勇姿を見ていますから。それに私はもう聖騎士でも
……武人ですらもないですから」

「メミル……」

「ほら、この通りメイドです。そして、あなたの妹でもあります」

スカートの裾をつまみ上げて、にっこりと笑ってみせた。

「フェイ！　急がないと！」

ロキシーの急かす声が聞こえる。

「兄さん、さあ、行かないと！」

「ああ、行ってくる」

「いってらっしゃいませ」

メイドとして領主を……妹として兄を見送るために、メミルは深々とお辞儀をしてみせた。

俺は彼女の頭を一撫でした。ここで今生の別れというわけではない。

「ハウゼンのことを頼む」

「はい、かしこまりました」

顔を上げて頷（うなず）くメミルに、頷き返す。

そして背を向けて、俺を待つロキシーのところへ。

二つの魔力の気配は、どんどん近づいている。

「待たせてごめん。行こう」

「はい」

俺たちはステータスを解放して、一気に駆け出した。

道を使っていたら、通行人たちに怪我をさせてしまう。

「屋根伝いに外へ出る」

「その方が良いですね……キャッ」

小さな悲鳴を上げるロキシー。

視線を向けると、そこには赤い髪をなびかせたスノウがロキシーにしがみついていた。

「私も遊ぶぅ～！」

俺たちが屋根の上をぴょんぴょんと渡り走っているのを見て、遊んでいると勘違いしたようだ。

「仲間外れよくないい！」

「違います。これは遊びではないです」

「そうなの？」

首をかしげならスノウは俺を見る。

「そうだ。これからハウゼンを出て南に進む。そこにはライブラがいる」

「ライブラ……」

その名前を聞いて、スノウの表情が途端に変わった。

警戒するように下唇を噛み締めている。

そしてロキシーをギュッと抱きしめた。

「合体！」

「えええっ、今……ここでですか⁉」

「いっくよー！」

「心の準備が、まだ」

ロキシーの意思を尊重することなく、強制合体！

まばゆい光に包まれた後、天使モードのロキシー爆誕‼

俺と違って真っ白な翼が四枚。

頭には天使の輪が輝いている。

いつ見ても神々（こうごう）しい姿だ。

「フェイ！　私を見ながら頷き続けるのはやめてもらえますか？」

「ごめん。美しいなって思ってさ」

「……そう言ってもらえて嬉しいですけど、今はそれどころではないです！」

「わかってるって。せっかく、その姿になったんだし。乗せていってもらえると助かるんだけど？」

「しかたないですね」

ロキシーは羽ばたいて浮かび上がる。そして俺のところへ来て、抱き寄せた。

足がゆっくりと屋根から離れていく。

ふわりとして、心地よい浮遊感。

空を飛ぶって、何回体験しても気持ちが良い！

「では、特急で行きますよ！」

「お願いします！」

ここから先は気合を入れる。

理由は簡単だ。

ロキシーは初めて天使モードを使ってから、もっと使いこなせるように鍛錬してきた。

俺もそれに付き合っていたから、よく知っている。

ドッオオオオオォォォォッ!!

とてつもない衝撃が俺を襲う。

音速を突破して空気の壁をぶち抜いた音がハウゼンに鳴り響く。

Eの領域のステータスを持っていなければ、体がバラバラに四散していたところだろう。

これならあっという間にエリスとライブラがいるところへ行ける。

一体、何があったのかを聞かなければいけない。

もしかすると戦闘になる可能性もある。ライブラは相当な食わせ者だ。

用心に越したことはない。俺は物言わぬ黒剣を握りしめた。

第4話　ライブラとの再会

天使となったロキシーの翼は強靭で、エリスとライブラがいるところまで一直線に飛んでいく。

「フェイ！　あれは一体……」

「何だ！　あの大きなものは……」

地平線の先に顔を出したものを見て、急ブレーキ。

巨大な物体が空を飛んでいたからだ。

形は船に似ているが……俺の知っている船は水に浮くものだ。

「黒船」

思わず、口から出てしまった言葉。

外観が漆黒色で明るい日中には不釣り合いなほど浮き上がって見えた。

「二人の気配はあの黒船から感じます。どうしますか？」

　ロキシーが言うように、確かに感じられる。

　ここで留まっていても、しかたない。

「行こう」

「そうですね」

　近くまで行って、攻撃してきたら戦いは待ったなしだが、そうでなければ、ライブラとの話し合いの余地はあるだろう。

　相手の出方を探らない限りは、選択肢を絞りきれない。

　幸い、黒船がいる位置はハウゼンからかなり離れている。たとえ戦闘になったとしても、人の住めない荒野が吹き飛ぶくらいだ。

　人的被害は出ないとしても、そうならないことを祈るばかりだ。

　さすがに猛スピードで近づいたら、相手を刺激してしまうかもしれない。

　ロキシーがスピードを抑えて飛行すると、向こうの黒船も同じ速さで近づいてきた。

「目立った動きはないですね」

「ああ、エリスとライブラはあの黒船の上で特に動いている様子は感じられない」

　歓迎されているのか？　いや、それは言い過ぎだろうな。

　だが、少なくとも俺たちへの敵意はなさそうだ。今のところは、だが。

「見えました！　エリス様とライブラがいます！　エリス様は無事のようです」

拘束でもされているのではないかと思っていたが、予想に反してエリスはライブラの側に佇んでいた。

あれだけ嫌っていたのに、あんなに近くにいる。

すごく不自然な感じがする。それに服装がメイド服に代わっていた。

ライブラは俺たちに気がつくと、にっこりと笑って手まで振ってみせた。

「戦う気はないということか……」

「降りますか？」

「頼む。先に俺が話すから黒船の上空で離してくれ。ロキシーはこのまま待機していてほしい」

「はい」

俺はライブラを信じていない。

ハウゼンを吹き飛ばそうとしたやつだ。

信じられるわけがない。

ロキシーから手を離されて、黒船の甲板に着地する。

正面にはライブラ。その脇にエリスが控えていた。

「やあ、フェイト。元気そうで何よりだよ」

「何をしに来た。エリスに何をした」

エリスの様子がおかしい。うつろな目をしている。

心ここにあらずといった感じだ。

「会ってそうそう、質問ばかりだね。再会の喜びを分かち合えないのかい？」

「よくそんな言葉が出てくるな。今までの行いを胸に手を当てて振り返ってみろ」

彼は胸に手を当てて見せた。

「特に悪いことは何もしていないけど？」

「お前……」

ライブラに近づこうとするが、邪魔をされてしまう。

青髪をなびかせてエリスが間に入ってきたからだ。

無言のまま、ライブラを守るように立ちふさがる。

「エリス？」

「……」

彼女は何も答えない。

なんとかライブラに接近しようとするが、エリスは先に行かせてくれない。

「どうしたんだ？　なあ、何か答えてくれよ」

「……」

やはり反応はない。

しかし、ライブラが話しかけると違った。

「もういい、僕の後ろへ」

すごすごとエリスは言われた通りの場所へ。

「エリスに何をした？」

「元のあるべき形に戻っただけだよ。今まで自由にさせてあげていたんだ。その分しっかりと返してもらわないと」

「返す？」

「これは僕の奴隷というか、可愛(かわい)いペットだよ。放し飼いにしていたら、この王国を作ったり、勝手にこの飛空艇で外の世界へ旅をしたり、好き勝手にしていたようだけど」

「ペット⁉　人間をか！」

「彼女の美しい見た目は品種改良のおかげさ。まあ、主人として噛み付いてきたペットには躾(しつけ)をする。当たり前のことだよ」

「お前……」

俺は話を始めてからずっと黒剣に手を置いていたが、エリスが盾になっている以上それを緩めるしかない。

「理解が早いね」

ライブラは頷きながら、さらに俺に近づく。

「察しの通り、エリスは僕が手中に収めている。例えば、僕が死ねと命じたら、すんなりと受け入れるほどにね」

エリスが黒銃剣を鞘から引き抜き、刃を首筋に当てようとする。

「よくわかったから、やめさせてくれ」

「素直でよろしい」

ライブラがエリスに視線を向けると、彼女は黒銃剣を鞘に戻した。

「エリスは人質ということか？」

「人聞きが悪いな。本来の関係に戻っただけなのにさ」

ライブラは俺に背を向けて、はるか南を見据えた。

「さあ、あれをどうしようかな。僕はとても今困っているんだ。あのような物が天高く浮遊している。本来地上になければならないものが、あのような場所にある。見苦しいとは思わないかい？」

「ガリア大陸のことを言っているのか？」

「それ以外あるかい。ああ……誰か、あれを沈めてくれる人はいないかな？」

ライブラは横目で俺の顔をチラリと見る。

どう考えても、俺にやれと言っていた。

「わざとらしいぞ。普通に頼めないのか？」

「あはは っ、そう怒らない。互いの利害は一致しているわけだし。それに……」

ライブラはエリスを自分の前に出した。

「ちゃんとできたら、これを君にあげよう。どうだい、条件としてはいいだろ」

「エリスを物扱いするな」

「君は聖獣人の血が半分だけある。そこだけは認めているんだよ。これだけ譲歩しているのにさ。あまり僕を怒らせないほうがいい」

エリスを人質に取られている以上、今は従うしかないだろう。

それに、ガリア大陸を攻略するためには、ライブラの協力もあったほうがいい。

ここはお互いに利用し合う、それだけだ。

ライブラのことなど意に介さず答える。

「わかった。協力しよう」

「フェイトならそう言ってくれると思っていたよ。さすがはディーンの息子だ。彼とは親友と呼べるほどに良き友人だったんだ。なぜ、僕の意に背いてまであのようなことになってしまったのやら……本当に理解に苦しむね」

「父さんと親友だった？　お前が……」

「昔はね。今ではそうではないけどさ。でも君となら良い関係が築けそうだ。楽しみだね」

「くっ……」

早速と言わんばかりにライブラは握手を求めてきた。

その手に躊躇（ちゅうちょ）していると、無理やり手を取ってくる。

「共闘、よろしく」

しっかり握ってくる。心を読んでやろうと《読心》スキルを発動させるが、

(悪い子だね。君は。でもそういうやんちゃなところは嫌いではないよ)

ライブラはお見通しだった。

全く読めない。

「さて、まずは上空にいるロキシーにこのことを話してもらえるかな。それと、地上にい

る憤怒にも同じようにね。彼女はとても怒っているようだね。肌を刺すような殺気を僕に向けているからね」

つまり、ライブラはずっと俺、ロキシー、マインに殺気を向けられ続けても、飄々(ひょうひょう)としていたわけだ。

これは強者の余裕というやつか？

「さあ、始めよう。ガリア大陸へ」

ライブラはお構いなしだ。そして、父さんが待つガリア大陸へ再び目を向けた。

その顔はおもちゃを見つけた子供のようだった。

第5話　飛空艇エンデバー

飛空艇の甲板の上。

俺の両脇にはロキシーとマインが控えている。

彼女たちもライブラに訊きたいことがあるようだった。

「ようこそ、僕の自慢の飛空艇エンデバーに！」

ライブラは両手を広げて、俺たちを笑顔で歓迎している。

内心は同じかわかないが。

「マイン、久しぶりだね。僕のことは覚えているよね」

「当たり前。生きていたのか……てっきり死んだと思っていた」

「おかげさまで深手を負ったからね。ずっと治療していたんだよ……そう、呆れるほど長い時間をね」

「本当に？」

「僕が嘘をつくわけないだろ。これでも、神から直接庇護を受けた民なのだからさ。マインは知っているだろ？　ああ……嘘つき呼ばわりは心外だな」

マインとライブラには面識があった。

彼女は途方もない時を生きてきたし、大罪スキル保持者だ。

ライブラとの衝突が過去にあってもおかしくはない。

マインはぷいっと顔を背けて、ライブラを無視してしまう。

「あらら、嫌われているね。変わらないな君は……」

彼はこれ以上、マインとの会話が成立しないと判断したようだ。

今度は天使モードのままのロキシーに向き合う。

「これはこれは、ロキシー・ハート。スノウと同化できるとは、誇っていいよ。君のおかげで、聖獣アクエリアスは落とされてしまったとも言えるし。これぱかりは僕の読み違いだった」

「褒めてもらえているると受け取ってよいでしょうか？」

「もちろん。聖剣技スキルの因子を持ちながら、よくここまで清廉潔白に……素晴らしいよ、君は」

「因子？」

「あれ？　エリスから聞いていなかったのかい？　君たち聖騎士は僕ら聖獣人がほんの少しだけ力を分け与えた人間なんだよ。君はその子孫ということになるね」

「聖獣人から力を？」

「ああ、そうだよ。ほら、僕たちはそれほど多くない。手足となって働く者が必要だったわけさ。それが聖騎士だね。しかし、力の反動か、どうしても精神に問題があったんだよ」

「聖騎士たちに卑劣なことを好む者が多い原因は……まさか……」

　ロキシーはひどく驚いていた。

「僕たちが分けた力と一緒に思考も分け与えてしまった。あれは失敗だったよ。初期の聖騎士は本当に残忍の一言だった」

　ため息をつきながら、ライブラは困ったように言っていた。

「でも君を見て安心したよ。代を重ねたことで、とても安定したものになっている。この戦いが終わって、もし僕に仕えたいなら言ってくれ」

「結構です。私にはこれから先、ずっと守るべきものがありますので」

「あらら、それは残念。良い素体なのにもったいない」

　舐めるような目でライブラはロキシーを見ていた。

初めて会ったときには気にもとめてなかったのに。

天使モードになれたことで、評価が反転したようだ。

俺としてはこれ以上ロキシーに要らぬことを言ってほしくない。

「共闘が目的なのに、不協和音をお前が作ってどうする」

「あははっ、これは失礼。良い人材には目がないんだ。特に聖騎士となれば尚更だね」

ライブラはなぜか聖騎士にこだわっているようだ。

しかも、聖獣人との同化に適応した聖騎士にだ。

「さてと、行くかい？　それとも、もう少しここでまったりとしていくかい？」

「行くに決まっている」

「そう言うと思ったよ。なら、出発しよう」

空中に停泊していた飛空艇。

それがライブラの言葉をきっかけに進路を百八十度回転させた。

「誰に操縦させているんだ？」

「僕だよ。僕の意思を読み取って動くんだよ」

「えっ……そんなことができるのか」

甲板にただ立っているだけにしか見えない。

飛空艇の気配を探ってみるが、甲板にいる俺たち以外、誰一人いない。

「僕が何かあれば、この飛空艇は墜落するから、気をつけておくんだね。まあ、君たちなら、それくらいで死ぬことはないだろうけど」

ライブラは俺たちに背を向けた。

「明日の朝には、ガリア大陸に到着する。それまではゆっくりと休んでおくといい。僕は船長室にいるから、気が向いたら会いに来てくれ。後のことはエリスに任せるよ」

それだけ言い残すと、ライブラは船内へ消えていった。

エリスがぽつんと立っていた。

「おい、エリス！　しっかりしろ！」

肩を掴んで揺さぶるが、反応なし。

何かによって、思考を閉じられている感じだ。

「マイン、どうにかならないか？」

「う〜ん、これは無理。こうなったエロは人形。せっかくケイロスによって解放されたのに、また昔に戻るとは……脇が甘い」

マインはエリスの首を指差した。

首輪のような紋様が施されている。

「これを解かない限り、無理」

「どうやって解くんだ？」

「だから、私は知らない。知っているのはライブラ……そしてそれを解いたことがあるケイロスだけ」

ケイロスか……。前の暴食スキル保持者で、グリードの元相棒。

マインの過去で邂逅してから、会っていない。

精神世界もルナが逝ってしまってから、行くことができなくなってしまったし。

会えるものなら、もう一度会いたいのだが……こればかりは俺の意思でどうこうできるものではなかった。

彼は別れるときに俺の胸を指差して、「お前の中にいる」と言っていた。

それが本当なら、また会えるかもしれない。いつかはわからないけど。

俺たちが話している横で、ロキシーがエリスに声をかけていた。

「エリス様、しっかりしてください」

「……」

相変わらずの反応なし。

とりあえず、ライブラが言っていたように聞いてみるか。

「俺たちの案内をしてくれるんだろ？」

「……はい。その命令は受けています」

なるほど、ライブラの命令にしか従わないわけか。

おそらく、部屋への案内以外は言うことを聞かないようにしているのだろう。

「こちらへ」

エリスはお淑やかな身のこなしで、俺たちを誘導する。

ええええっ、お前はこんな感じではないだろ！　とツッコミを入れたくなってしまうほど別人だった。

ライブラとは違う入り口から船内へと入っていく。

「これは優しい質感の船内ですね」

「はい、外観が金属で味気ないため、内装には木をふんだんに使っております」

俺はてっきりガリアの研究所のような何もかも真っ白な空間を予想していた。

まさか、これほど落ち着いたものだとは思わなかった。

どこぞの聖騎士の屋敷のような装飾だ。

足元には赤い絨毯が敷かれており、木目の壁の色合いを引き締めている。

「客間はたくさんありますので、ここにある部屋のどこでも使っていただいて構いません。

何か用がありましたら、部屋に取り付けられたコールボタンを押してください」

「エリス、待って！」

「……」

案内は終わったとばかりに、エリスはそそくさと歩いていってしまった。

残された俺たちは通路からいくつかの部屋のドアを見渡す。

ロキシーも同じようにしていた。

「部屋をどうしますか？」

彼女の問いに、マインが即答する。

「同じ部屋がいい」

「俺もそうしたほうがいいと思う」

「そうですよね」

バラバラになってしまえば、これからのことを話し合えない。

何かあったときの対応も、離れていれば遅れてしまう。

俺たちは部屋を一つずつ見ていき、一番広そうな部屋を選んだ。

「ここにしよう。ベッドが四つもあるし。これなら一人ずつでも余る」

「これなら、ゆっくりと寝られる」

マインはすでに寝るつもりらしい。

さすがは戦いの申し子。どんな状況でもしっかりと休息を取る。

武人として大切なことだ。アーロンもマインの姿勢を褒めていた。

マインはスロースを壁に立てかけると、早速ベッドに飛び込んだ。

そして三秒も経たないうちに爆睡。

これには俺も呆れてしまった。

一緒に旅をしていた頃よりも、眠りが早いぞ！

ロキシーは唖然としながらも、感心している。

「すごいですね」

「寝付きはいいいんだけどさ。寝起きは最悪なんだよな」

「なら、少しだけ話しませんか？」

「う〜ん、そうだな」

マインのことだ。寝ていても、いざという時に自分で何とかするだろう。

それに、俺もロキシーと少し話をしたかった。

彼女に誘われるまま、俺は来た道を戻って甲板を目指した。

第6話　懐かしの日々

甲板は空の上だというのにそれほど風は強くなかった。

なかなかのスピードで進んでいるというのに。

ロキシーもそれを感じているようだった。

「飛空艇……不思議な船ですね。先程はライブラと話していて気が付きませんでした」

「俺たちの知っている船って、水の上を浮かぶものだからな」

「そうですね。私たちにはまだまだ知らないことがいっぱいですね」

「ロキシーは翼で空が飛べるようになったし」

「あの翼はスノウちゃんのおかげです。私の力ではないです」

彼女は少しだけ苦笑いして、ガリアがある地平線に目を向けていた。

今のロキシーに翼はない。

スノウとの融合時間はあまり長くはない。

ここへ来る前に解けてしまっていた。スノウは俺たちについてくることはなく、飛空艇を散策すると言って走り出してしまった。

ここはライブラの所有物。安易に探りをいれるのは良くないと止めたのだが……。

自由奔放なスノウだ。人の言うことを聞くわけがなかった。

俺たちの制止を物ともせず、どこかに行ってしまった。

「スノウちゃんのことを心配しているのですか？」

「ああ……だけど、あの性格だからな」

「ふふふっ、元気ですよね」

「無謀とも言う。ここは敵陣だぞ」

「そう言ったら、私たちだってそうですよ」

二人だけでのんきに甲板にいる。

「あの子は強いですよ。それに、彼女と私は繋がっているんです。何かあれば、すぐにわかります」

繋がりか……遠く離れていても感じられるとは……。

俺もアーロンとは大罪スキルを通して繋がっている。

それにより俺が強くなれば、彼も影響が出てしまっていた。

形は違えど、ロキシーが言う感覚に似たようなものは俺にもある。

なんとなくだが、アーロンが王都セイファートで元気にしていると感じるのだ。

だから、王都では彼の地への扉による影響は大きく出ていないはず。

俺にはその予測があるから落ち着いていられる。でも、ロキシーはどうなんだろう。

王都にはメイソン様やアイシャ様、大事な使用人たちがいる。

彼の地への扉が開かれた今、至るところで死んだはずの魔物たちが蘇る脅威が差し迫っている。

彼女は俺がガリアとは反対の方角を見ていたことに気がついたようだった。

「王都なら大丈夫です。父上がいます。それに白騎士様たちやアーロン様だっています。心配などしたら、失礼です」

「ロキシー……」

彼女はニッコリと俺に微笑んで言う。

「でも、これから赴く天空の大陸……ガリアに、私は少し緊張しているのかもしれません。だから、少しだけ……フェイとお話ししたかったみたいです」

はにかみながらロキシーは続ける。

「幼い子供のころは自分の世界は、とても小さくて、自分にとって好意的な人たちに囲まれていて、幸せに包まれて……でも、それはハート領においてだけのお話。私に聖剣技スキルが宿っていることがわかると、世界は一変してしまいました」

「聖騎士として？」

「はい。母上にはそのスキルがなかった。私が聖剣技スキルを持つことは半分半分だったようです。父上は跡取りができたと大変喜んだようです。そして、聖騎士としての修行のため、王都へ行くことになりました」

俺との旅でも日々鍛錬を怠らなかった。おそらく、そのときに並々ならぬ努力をしたのだろうと容易に想像できる。

「父上は大きく期待をしてくれたようですが、私は不安でいっぱいでした。知らない土地、馴染めない聖騎士の世界。田舎暮らしの私には慣れないことばかりで、落ち込んでいたんです。ついにお城の大事なパーティーから抜け出してしまったんです」

「意外だ……」

「私だって、そんなときもありますよ」

頬を膨らませたロキシーに指先で、軽く鼻を弾(はじ)かれてしまった。

でも、まあ……息抜きしたくなるのはわかる。

俺も、アーロンとお城に出入りするようになってから、聖騎士の世界を垣間見た。

お世辞にも楽しい時間とは言えなかった。

ほとんどがとてもプライドが高く、それに伝統ある家ばかりで、新しい議題を挙げても、彼らの利権を侵すため採決されないのだ。

しかも、俺などは年齢が若いと言うだけで、話すら聞いてもらえない。

結局、女王陛下であるエリスのパワープレイに頼るしかない状況だった。

「あれは酷いよな……同じ立場になってよくわかるよ」

「でしょ！　フェイにはこれから先頭に立って頑張ってもらわないと！　そのためにもしっかりと勉強しましょうね」

「えええええっ！」

俺のタジタジな状況に満足したロキシーは空を見上げる。

「フェイはあのときから変わらないですね。いつも目の前のことに精一杯、頑張っています。そばで見ていると危なっかしいですけど。でも、忘れっぽいのが玉に瑕です」

「ん？　えっ、俺……何か忘れているのかな」

「六年前……私はフェイと会っているんですよ」

「本当に!?」

全く記憶にありません。

いや、でも……ロキシーの様子を見るに、何かあったようだ。思い出せ、俺！　思い出すんだ!!

頭をぐるぐるとフル回転させるが……。

「全くもう……まあ、フェイらしいですけど」

呆れられてしまった……かも。

「それほど、いろいろなことをたくさんしてきたんでしょうね。私のときもそのたくさんの中の一つに過ぎないのかも……」

「そんなことは……」

「お城を抜け出して、落ち込んでいる私をフェイが元気づけてくれたのですよ」

ロキシーを元気づけた!?

なら絶対に覚えているはず。なんで思い出せないんだ……と思っている俺にロキシーが言う。

「その時は、領民たちから贈られた服を着ていましたから、フェイは私のことをお城に勤める使用人と勘違いしていましたけど」

「ん!?」

それをきっかけにしておぼろげに記憶が蘇ってきた。

確か……お城の門から少し離れた辺りで浮かない顔をして座り込んでいる女の子を見つけて、どうしたんだろうと思って話しかけたような。

「待って！　そのときには、お城に勤める使用人だってその子は言っていたよ。勘違いはしていない」

「うっ……バレてしまいましたか。しかし、思い出してきたようですね」

はっきりと顔は思い出せないけど、状況は蘇ってきた。

まさか、使用人だと思っていた子が、聖騎士だったとは夢にも思うまい。だから、今までイコールで紐づくことはなかった。

「あのときは嘘をついて、ごめんなさい」

「なんで、嘘をついたの……あっ、そうか……」

自分で聞いておいて、理由はすぐにわかった。

「私が聖騎士だったら、フェイは怯えてしまうから」

「そうだったね。俺は王都へ来たばかりで、聖騎士を怖がっていたっけ」

「はい。そんなフェイに私は聖騎士です、なんて言えません。それに私はそのことで悩んでいたわけですから」

幼いロキシーの横に座って、聖騎士だと知らずに偉そうなことを言ったような気がする……。

「落ち込んでいる私にフェイは話を聞いてくれて元気づけてくれたんですよ」

「あのときは気の利いた言葉を言えなくて、ごめん」

「そんなことはないです。大変なときにただ側にいてくれるだけですごいことです。それは言葉には代えられることではないです。口先と行動は別物ですから」

俺も王都へ来たばかりで一緒だなって話になって、ロキシーのふるさとについて聞いた。それから俺のことも聞かれたな。そのときは暴食スキルが腹が減るだけの変なスキルだと思っていた。故郷の村人に気味の悪いスキルだと思われてしまい追放されたし。

俺以上に碌でもないやつはいないだろうから、君はもっと望みがあるよ……なんて言ってしまったような。

そして挙句の果てには、彼女から食べ物を分けてもらったんだっけ。

あのときにおかしいと気がつくべきだった。入ったばかりの使用人がパーティーの食べ物を持ってこられるわけがないのだ。

「あれから数年後、フェイのことを見つけて、機会をあれば話しかけていたのに……。いつも逃げられていました」

「すみません。でも、何かにつけては目をかけてくれていた謎が解けたよ」

「ふふふっ、よかった。私もやっと話せてよかったです。他の人から見れば、何気ないことと思われるかもしれません。それでも、私にとっては思い出深いことなんです」

ロキシーは再び、ガリア大陸がある方角に目を向けながら言う。

「あのときのフェイは、父親であるディーンさんを大好きな父さんと言っていました。今もそうなのですか？」

「それは……」

俺はしばらく何も言えずに、ロキシーと同じ方向に目を向けていた。

父さんがいるという場所にだ。

第7話　戦いに向けて

わからなかった。

自分の気持ちなのに、うまく言葉にできない。

そんな俺を見かねたのか、ロキシーは微笑みながら話題を変えてくれた。

「まずは直近の問題をどうにかしないとですね」

「問題？」

「エリス様のことです」

「あぁ……」

エリスには申し訳ないが頭から抜けていた。

ロキシーとの思い出話や、父さんのことで頭がいっぱいになってしまったから。

「あの首の紋様を消す方法を見つけないとな。すべてが終わった後にライブラが解放してくれるとも限らないし」

「そうですね。なんだか、あの人からは嘘吐きというか、本心で物事を話していない感じがします」

「俺も出会ったときから同じ印象さ」

彼には父さんを止める以外の目的があるとしたら……。

それに俺たち大罪スキル保持者を良くは思っていないはずだ。やっぱり、すんなりとエリスを解放するとは思えない。

「そうなると、まずはケイロスにもう一度会わないと」

「たしか……フェイの前に暴食スキルを保持していた人ですね」

「ああ、ケイロスはここにいる」

俺は自分の胸のあたりを指差してみせた。

察しの良い彼女はすぐに答えを言ってみせる。

「暴食スキルの中にいるんですね」

「あの精神世界で彼はそう言っていた。俺が暴食スキルを今よりももっと扱えるようになれば……」

言葉が止まってしまった俺にロキシーは不安そうな目を向けた。

「どうしたんですか？」

「それは……」

「ちゃんと話してくれますよね」

「うん」

これから一緒に戦うのだ。彼女に隠し事をしていても仕方ない。するべきではない。

俺は上着を脱いでみせた。

「ちょっと!! フェイ!?」

いきなりの行動にわけがわからずに慌てるロキシーだったが……。背に生えたものが目に留まり、固まってしまった。

「黙っていてごめん」

「これは……翼のような」

「ロキシーの天使化のようなものとは違う。出来損ないの翼かな」

「いつからなんですか？」

「ハウゼンに着く前から背中に違和感が……」

「王都のときからなんですか!? でも滅びの砂漠の……あのお風呂のときは何もなかったはずです」

スノウが男風呂と女風呂の壁を破壊したときか。

確かにあのときにはこんなものは生えていなかった。

「翼が生えたのは、聖獣を喰らってからさ。それとは別に……王都でアーロンと戦った翌日から……あることが始まり……形を成して俺の前に現れるようになった」

「それって？」

「暴食スキルの精神世界で、もう一人の俺と出会ったんだ」

「えっ……」

ロキシーは困惑していた。俺だってそうだ。

暴食スキルが俺の姿をして精神を乗っ取ろうと、表層へ這い出してきたのか……。

「大丈夫なのですか？　フェイ……」

「なんとか追い返したよ」

撃退したときにあいつは言ったんだ。

お前は俺のものだと……憎しみを込めるように睨みつけていた。

その様はあまりにも底知れない感情がこもっているようで、生きている人間のようだった。

スキルがそこまでの感情を持ち合わせているのだろうか。

違和感を覚えたがこれは俺の主観だ。いらぬことまで言ってロキシーを更に不安にさせてもいけない。

彼女は俺の姿と話を聞いて考え込んでいた。

「暴食スキルが活性化しているということでしょうか？」

「たぶん……。出来損ないの翼については父さんの血が半分、この体に流れているからかもしれないし。これは暴食スキルとは関係ないのかも」

「ディーンさんは……その聖獣人だったんですよね」

「今になってこんな形で現れるなんて。だけど、俺には父さんやスノウのような聖獣人の力はない。あるのはこの使えない翼だけさ」

困ったものだ。

脱いでいた上着を着込みながら、ため息を一つ。

「翼に関して大事はなさそうで安心しました。問題は活性化している暴食スキルですね。御するのは……」

「かなり厳しいかな」

暴食スキルから守ってくれていたルナも、支えてくれていたグリードもいない。

俺だけで身の内に潜むこいつと向き合うしかない。

ずっと頼ってばかりだったからな。

「フェイ……」

「なんとか頑張ってみるよ」

ロキシーを安心させるための作り笑いではなく、心から自分にも言い聞かせた。

暴食スキルの力は今以上に必要になってくるのだから。

そのときにケイロスにまた会えるはずだ。

「まだ、このようなところにいたのですか？」

話し込んでいて気が付かなかった。

俺たちが振り返ると、そこにはエリスがいた。

「早くお休みください」

そのままじっとエリスは俺たちを見つめていた。

なるほど、部屋に戻るまで彼女もここにいるという意思表示だろう。

従わなければ、エリスがライブラに何らかの罰を受ける可能性もある。たくさん話せたし、頃合いかもしれない。

「戻ろうか、ロキシー」

「はい」

俺はエリスとすれ違いざまに声をかけた。

「もう少しの辛抱だから、待っていてくれ」

「……」

言葉は返ってくることはなかった。

だけど、首輪のような紋様が僅かに赤く輝いた。

ロキシーもそれを見ていたようだ。

「もしかして、私たちの声はエリス様に届いているのかもしれません」

エリスもまた俺たちと同じように抗って、頑張っている。

滅びの砂漠での約束……。いつもは飄々としているくせに、ライブラの影に怯え続けていた。そんな彼女の顔が頭から離れなくなる。

らしくない澄まし顔がそれを際立たせた。

エリスを残したまま俺たちは甲板を後にした。

部屋に戻ると、マインが幸せそうな顔をして爆睡していた。

「この……大物感は、さすがマインだな」

「ふふふっ、彼女らしいです」

ロキシーは備え付けてあった毛布を取り出して、マインに優しくかけてあげる。

「彼女はフェイが大好きみたいですね」

「なっ！　急にどうしたんだ？」

「このところ、マインさんと一緒にいることが多かったから」

たしかに、マインはロキシーに料理を色々と教わっていた。

そして、俺は彼女が作ったものを食す役目を担っていた。マインの料理の腕はまだまだ発展途上。命をかけた過酷な闘いとなっている。

「いつになったら、上達するんだか」

そんなことを言うと、ロキシーに叱られてしまった。

「マインさんはずっと味覚がなかったんですよ。すぐにはとても難しいです。それでも、フェイが食べてくれるのを嬉しそうに見ているんですよ」

「それを言われてしまうと……」

マインは以前の人形のような無表情から、少しずつ変わり始めている。

俺は寝ている彼女の横に座り、そっと頭を撫でた。

「今回も力を貸してくれて、ありがとうな。いつもマインの世話になってばかりだ」

「そんなことはない」

パッチリ目を開けたマイン。

「起きていたのかよ……」

「当たり前。ここは敵の中。寝ていても、いつでも起きられるようにしている」

「また器用なことを」

「それはフェイトの修行が足りないから。必要なら今する？」

「無理無理っ」

「冗談」

狼狽えているとマインに笑われてしまった。

以前ではなかった表情の一つだ。

「私にも今回のことは責任がある。扉を閉じるために協力は惜しまない。それに……フェイトと一緒がいい」

「マイン……」

彼女がいてくれたら、これほど力強いことはない。

今のガリアは蘇った古代の魔物たちが跋扈しているはず。

過去の知識があるマインの助力は攻略の肝となるだろう。いつもならグリードに助けられていた部分だった。

「じぃぃぃぃっ……」

マインに感謝していると、鋭い視線が突き刺さる。

恐る恐るそちらを見ると、ロキシーが目を細めていた。

「いいのですけど。最近、フェイはマインさんと近くないですか。いいのですけどね」

顔は良しと言っていないように見えるのだが……。

マインはお構いなしに起き上がると、欠伸をしながら向きを変えて俺の膝の上に頭を預けた。

「小さなことは気にしない。私も気にしないから大丈夫」

「むむむむっ」

なんだろうか。

彼女たちの背後に、ドラゴンと虎が見えるような気がする。

目の錯覚か⁉　そうだといいな。

そんな中、どこかに行っていたスノウも部屋に戻ってきた。

「みんな、もういる！」

ドアを破壊せずにちゃんと開けられるようになったようで何よりだ。感情が高ぶると、Eの領域の力がいい加減になってしまう癖があるからな。

「私も交ぜて！」

「やめてくれ、更にややこしくなるから」

「嫌っ！」

皆が強者揃い。

部屋はシッチャカメッチャカになってしまう。

自然と笑いが溢れてくる自分に気が付く。彼女たちのおかげで、ライブラに会ってから張り詰めていた緊張が和らいでいくのを感じた。

第8話　天空の大地へ

物言わぬ黒剣の手入れをしていると、時間はあっという間に過ぎていったようだ。

これくらいでもういいだろう。こうるさいこいつでも満足する仕上がりだ。

鏡のように磨き上げた刃は、俺の顔を映している。

左目が赤く光っていた。

「まいったな……」

結局一睡もしていない。なぜなら、俺は怖かった。

また、あの精神世界でもう一人の自分と対峙することを避けたかった。

たった一人であれと戦えば、呑み込まれる可能性が高い。

もうルナやグリードの力を借りることはできないのだから。

ロキシーには頑張ってみると言ったものの……何かしらの糸口も見つけられぬまま挑むのは無謀がすぎる。

刃に映る赤い瞳――。

意識して半飢餓状態になっているわけではない。

気が付かないうちに勝手にそうなってしまっていた。

精神世界で会うことを避けていても、あいつは待ってくれないようだ。

「眠れなかったようですね」

「あぁぁ……」

仮眠をとっていたロキシーが、俺に話しかけてきた。

天使化は体力の消耗が大きいようで、あの後すぐに落ちるように眠っていたので少し心配していた。

「そっちの調子は？」

「おかげさまで完璧です。まだ、お二人は眠っているようですが」

「あの二人はいつものことだ」

マインとスノウは大爆睡。

寝る子は育つと言わんばかりだ。

この二人には緊張という言葉はないのだろう。

苦笑いしていると、ロキシーの顔が接近してくる。

「その目はどうしたのですか⁉」

「これは……その……」

わかる範囲で事情をロキシーに説明する。

理解の早い彼女は頷きながら、黙って聞いていた。

「暴食スキルが飢えているのとは違うのですか？　それなら魔物を倒せば治まるのでは」

「違うみたいなんだ。もしそうなら、喰らいたいという強い衝動が来るはずなんだ。それが……まったくない」

不思議だ。いつもなら勝手に半飢餓状態になったときには、その衝動があった。

やっぱり、何かがおかしいよな。

「精神世界で襲ってきたというもう一人のフェイに関係しているんでしょうか？」

「たぶん……あいつが何かを仕掛けてきているのかも」

黒剣を鞘に納めながら、立ち上がる。

すると、いつもよりも体が軽かった。

「⁉　これは……」

「どうしたのですか？」

「体の調子がいいんだ。半飢餓状態でブーストがかかっているのもあるけど、いつも以上に力が湧いてくるし」

「いいことですね……と言いたいところですが」

「良過ぎて気味が悪いな……自分のことなのにさ。嵐の前の静けさなんてな」

「そういうことは思っていても口に出さないほうがいいですよ」

「たしかに」

良くも悪くも、ガリアに乗り込むには最高の状態だ。

さて、マインとスノウを起こすとするか。そう思っていると、部屋のドアが開いた。

「おはようございます。ライブラ様がお待ちです」

相変わらずメイド姿のエリスが、凛とした立ち振る舞いで現れた。

そして品よくお辞儀してみせる。

「わかった。少しだけ待ってくれ」

俺は寝ている二人を起こそうと振り向くが……いらぬお世話だったみたいだ。

マインは寝癖一つなく、身支度を終えており、片手にはトレードマークの黒斧を持っていた。

スノウも欠伸をしているが、準備万端だ。

歴戦の武人であるマインは一緒に行動していたときからあんな感じだったので、驚くことはない。

変わったのはスノウだ。あのハウゼンの戦いから彼女に変化があった。子供っぽいところは残しつつも、思慮深さを時折見せるようになったのだ。たまに口調も大人びるしな。

「フェイトいく！」

飛びついてきたスノウを受け止める。

自慢の赤髪は寝癖まみれだった。俺はなんとか手で整えてやる。

「よしっ、いこうか」

みんなで頷きあって、部屋を出る。

エリスが案内したのは、やはり甲板の上だった。

「やあ、ゆっくり休めたかい」

「お前だけには言われたくないな」

「あはは、今は共闘しているわけだから、仲良くしよう」

「共闘？　そんな気はないくせに。どうせ、お前は来ないんだろ」

「そんなことはないさ。ほら、僕の代理を用意しているから」

そう言ってライブラはエリスを指差した。

「強さは君がよく知っているはずだ。再調整しているから、それ以上に仕上がっているよ」

「お前……」

ライブラを睨みつけてやるが、飄々とした表情は何一つ変わらない。

そして、わざとらしく考える仕草をしてみせる。

「これだけだとお気に召さないか。なら、これとセットならどうだい？」

虚空から、黒い武器を取り出した。

「これは……」

「黒銃剣エンヴィー。これも再調整済みさ。ちょっと目を離している内に悪い子になっていたからね。ほら、受け取りな」

まるでゴミを扱うように俺に黒銃剣を投げてきた。

「まあ、支援系の武器だから大した力はないだろうけど、今のエリスなら存分に扱えるだろう」

「お前は、ここで高みの見物というわけか」

「人聞きが悪いな。ここでうまくいくようにと、神に祈りを捧げているから、大船に乗ったつもりでいてくれていいよ」

「邪魔だけはするなよ。その時はこの飛空艇ごと地面に叩き落としてやる」

「あはは、面白いことを言うね。なら、同じくエリスの首も地面に落ちるだろうけどね」

「くっ……」

これ以上は話をしても無駄だ。

俺は黒銃剣エンヴィーに《読心》スキルで呼びかけてみる。

しかし、反応はなかった。

再調整ってやつが影響しているのか？　エリスと同じように、自我が封じられているのかもしれない。

「エリス、これを」

俺は黒銃剣を無言の彼女に渡して、目前に迫るガリア大陸に目を向けた。

これほど巨大な大地が空中に浮いているなんてな。

遠くからでも雄大だったのに、近くだと更に圧巻だ。

加えて、肌にピリピリと感じる。

大陸に蠢（うごめ）く数多（あまた）の魔物たちの魔力を。

「これは喰いがいがありそうだね」

「もう一度言う。お前だけには言われたくない」

面白そうに笑いながら、ライブラはある場所を指差した。

「あそこに着陸しようか。いつの時代も静かな場所だからね」

「あの場所はたしか……」

「緑の大渓谷ですね」

ロキシーがその懐かしい場所を眺めている。

王都へ供給する希少な鉱物などを採掘する場所だったはず。

そして俺は黒剣の鞘を作る、魔結晶を手に入れるために訪れた。

その際に目的は違えど、ロキシーと共闘することになったりして思い出深い場所でもある。

見た目は荒廃した土地のオアシスのように見えるが、実際は化石となった魔物が積み重なって出来上がっている。

「危険じゃないのか？　大量の魔物が眠っているんだぞ」

「杞憂さ。魂を失い化石となっている。復活はできないさ」

「魂を失い？　化石に？」

「安全ということだよ」

くそっ。答えるつもりなしか。

まあ、ライブラが言うとおり、あの一帯だけ魔物の気配がない。

ずっと黙っているマインを横目で見る。

彼女は静かに頷き返した。

「安全みたいだな」

「あらら、僕って信用ないんだね」

「当たり前だ」

わざとらしく天を仰いでみせるライブラ。

だが、すぐに顔を俺へ向けてニヤリと笑ってみせた。

「なら、着陸するよ。期待しているよ」

ライブラは最後の言葉を口にしながら俺から目線をずらして、スノウに向けていた。

第9話　再調整のエリス

緑が生える清浄な地面。

ライブラの飛空艇から下りた俺たちは、魔物が眠る森を進んでいた。

見渡す景色は以前に訪れたときと変わっていない。

違いといえば、ロキシー以外に仲間がいてくれることだ。

「ここからさらに南に進むんですよね」

「ライブラが言うことを信じるなら」

「そこには何が？」

俺が答えようとしたら、マインが口を開く。

助かる。彼女のほうが遥かに詳しいだろう。俺は遠くから一度見ただけだからな。

「ガリアの帝都メルガディア。本来の機能を取り戻して、眠りについていた者たちが動き出しているはず」

「もしかして、機天使とかですか？」

ロキシーが戦ったガリアの失われた兵器。

まずは思い当たるのはそれになるだろう。俺も同じものを思ったし。

「うん。あれは帝都防衛システムの一つ」

「「一つ⁉」」

俺とロキシーは一緒になって、声を上げてしまった。

さらりと怖いことを言ってのけたマインは続ける。

「今までフェイトたちが戦ってきたのは、力のない幼体。あそこに成体やそれ以上がいくらでもいる」

「Eの領域超えがいるってことか……」

「違う。それしかいない。あの領域は入り口に過ぎない。グリードも言っていたはず」

「たしかに。ガリアが絶対的な存在として、世界に君臨してたのも納得だな」

「うん。普通の人間から見れば、帝都は聖域と呼ばれていた。ただ跪くことしかできない場所」

資格のない者が踏み込めば、その防衛システムが起動してしまう可能性は高い。

「機天使や魔物などの相手は私がする。フェイトたちが先に進めるように道を作る」

「一人で大丈夫……」

杞憂を口にしようとした俺に、まっすぐな目を向けてくるマイン。

いらぬ心配だったようだ。

彼女は俺が知る限り、最強だ。

「頼んだ。でも無茶はするなよ」

「善処する」

気にしているのはマインの戦鬼化だ。あの額から生えた二本角の彼女の強さに俺は防戦一方だった。

攻撃こそ最大の防御なり……なんて誰かが言っていたけど、まさにマインの戦い方はそれだった。

ルナの助けがあったからこそ、防ぎきれただけで、黒盾をも貫通するほどの力の激流をこの身に刻み込まれた。

あの戦鬼化は、憤怒スキルを引き出すことで体を人から上位な者へと変化させるものだという。だが、心は人のままだ。

スキルのとめどない怒りに次第に呑まれていく、という代償がある。

暴食スキルと似たようなものだ。行き着く先は暴走というわけだ。

マインが俺の暴食スキルをいつも心配してくれていたのは、似たような代償を持っていたからかもしれない。

「それよりも問題はエロ」

「エリスのことか……」

後ろを静かに歩く彼女に目を向ける。

黒銃剣を携えて、俺の会話に参加するような素振りはない。

スノウが服を引っ張ったり、お尻を突っついたりしているが反応なし。本来の彼女なら、そのようなことをされたら黙っていないだろう。

「スノウにされるがままだな」

「うん」

「眺めていないで止めてください」

ロキシーが慌てて、いたずらスノウを抱えあげていた。

「皆さん、忘れていないですか？」

「何を？」

「わからない」

「エリス様は、女王様なのですよ！」

そういえばそうだった。この国で一番偉い人。そして、聖騎士が仕えている女王なのだ。

つまり、聖騎士であるロキシーと俺の敬愛すべき人。

ロキシーは生まれながらの聖騎士なのでわかる。俺の方はというと、出会いから隙あらば色欲スキルで誘惑してくる油断のならない人だったからな。

初対面で以後の印象の八割が決まってしまうというあれだ。

どう転んでも俺には、エリスを女王様に見ることができなかった。

「このようなことになってしまったのに、エリス様の扱いがいつもどおりなんて……お可哀そうに」

「因果応報」

「たしかに」

「二人とも！」

ライブラからの同行者としてのエリス。危険なガリアにおいて、無手で歩かせるわけにいかないので、黒銃剣を渡したのだが……。

俺たちの知らない別命を受けている可能性は捨てきれない。今のところそのような様子はなし。このまま彼の地への扉を閉じるまで大人しくしておいてもらいたいところだ。

まあ、少なくとも俺たちと戦いの連携ができるのかを知っておきたい。

感情をなくし人形のようになってしまった彼女へ声をかける。

「エリス」

「はい」

返事あり。同行において意思疎通は許可されているようだ。

「黒銃剣をどこまで扱えるんだ？」

「私は支援がメインです。皆様に能力以上の戦闘をご提供致します」

彼女とは以前に共闘してきているから、黒銃剣を使った支援は凄さを実感している。

銃弾が届く限り、エリスの支援範囲は広大だ。目に見えなくても、相手の魔力を感じ取り、支援を付加した追尾弾を放つことができる。

「再調整により、本来の力を取り戻しております」

「本来の？」

「はい。更にエンヴィーもです。少なくともあなたが持つ今の黒剣よりも」

「言ってくれるな……」

グリードを失ったことで、黒剣の力をすべて扱えるとは言い切れない。特に第五位階の黒籠手（くろごて）に手こずっていた。

あまりも強力すぎるため、今まで以上に繊細な扱いが求められる。

「あなたがディーンと対峙する際に、特に私のサポートを必要とするでしょう」

「頼もしいな」

「お任せください」

スカートを両手で摘まんで、きれいにお辞儀をしてみせる。

「なら、手始めにそのお得意の支援を見せてもらおうか」

緑の大渓谷を抜ける。

前々から感じてきた魔力の塊たちのお出ましだ。

「あれは……人？」

ロキシーの言葉をマインがすぐに否定する。

「違う。ラミア……昔は人だった者」

上半身だけ美しい女性の姿をした巨大な蛇たち。

こちらに気がついており、鋭い視線を送っている。下手に鑑定スキルをすると、目を潰される恐れがある。

「ロキシー、スノウは温存で。ここは俺とマイン、支援にエリスでいく」

指示を送る前に、マインはもう動き出している。

足もないのにラミアは驚くべきスピードで迫っていたからだ。

数は地上に3匹。そして地下に……。

「フェイ！」

ロキシーの注意を促す声が聞こえた。

大丈夫。わかっているさ。後2匹がいることくらい。

割れる地面を横に飛んで回避。そのついでに食らいついてくるラミアを袈裟斬りする。

暴食スキルの発動なし。斬り込みが浅いようだ。

追撃したいが、もう1匹のラミアが地面から飛び出してくる。

まずは活きの良い方からやるか……そう思ったとき、後ろから銃声が鳴り響いた。

漆黒の弾丸はラミアの頭を吹き飛ばす。

あれで支援系？　御冗談を……十分に戦い主体でいける威力だ。

力が増しているというのはどうやら本当のようだ。

俺は目の前のラミアにとどめを刺す。

《暴食スキルが発動します》

《ステータスに体力＋1・8E（＋8）、筋力＋2・5E（＋8）、魔力＋2・0E（＋8）、精神＋1・2E（＋8）、敏捷＋2・5E（＋8）が加算されます》

《スキルに毒攻撃、毒耐性が追加されます》

そこらへんにいそうな普通の魔物でこのステータスかよ。

加えて、毒⁉　Eの領域の特殊攻撃を受けたらどれほどのものか、考えたくないが、ロキシーとスノウを温存しておいてよかった。

マインはこの魔物をよく知っているようだから、情報はいらないかもしれないが念のため伝えておこう。

すでに3匹倒したマインに向かってわかった魔物の情報を教える。

「ラミアは毒攻撃をしてくる。当たらないように気をつけろ！」

その言葉に首を傾げながら、黒斧で同時に襲い来るラミアたちをいとも簡単に屠ってしまった。

「知らなかった」

「詳しいんじゃなかったのか？」

「この魔物は弱い。攻撃を受けたことがない。新情報‼」

俺に情報を教えてもらったのが嬉しいのか、マインの瞳が輝いていた。

背の後ろに広がるラミアのスプラッターな死骸との対比が凄いことになっている。

まったくもって頼もしい武人である。

そんなマインは少し心配そうに俺の側へ駆け寄ってきた。

「大丈夫？」

「ん？　暴食スキルのことか？」

「そう。Ｅの領域の魔物を喰らったら、いつものフェイトなら辛そうだった」

「不思議と何も感じないんだ。調子がいいのかもな」

「……いい兆候とはとても思えない。ルナがもういないのにおかしい」

ステータスを上げやすい状態なら、今のうちにと思ってしまいそうだが、マインは首を横に振る。

「私が主体で戦う。フェイトは極力喰わないこと。少なくとも帝都までは」

「それだと、ずっとマインに戦わせて負担をかけてしまう」

「問題ない。それよりもフェイトの方が問題ある」

俺たちの側に追いついてきたロキシーたちも何かを言いたそうだったけど、マインはピシャリとそれだけ言って先に進み始めてしまった。

取り残された俺にロキシーが言う。

「いいのですか？　私も天使化すれば……」

「それこそ温存していないと」

「ですが……マインさんが」

「ご心配なく。私が援護します。これもライブラ様のお言いつけですので」

心配するロキシーを制して、エリスは黒銃剣を構えながら、言って聞かせた。

そして、銃声が何度も鳴り響く。

「これで魔力索敵より、攻撃できる範囲内の魔物はすべて倒しました。オールクリア」

俺とロキシーは周囲の魔力を確認する。反応なし。

「えっ……」

「嘘だろ……」

「すごい！　みんな倒しちゃった！」

スノウが興奮して大はしゃぎだ。

マインも強いが……このエリスは相当できるぞ。

彼女は連続発砲により熱くなった黒銃剣を振るって冷ました後、鞘に納めた。

「さあ、参りましょう。帝都までは完璧なエスコートをお約束します」

澄まし顔のエリスは、先程のことは戦闘の内には入らないと言わんばかりだった。

第10話　地を這う聖獣

苦労を強いられると思われた帝都までの移動は、エリスの超広範囲狙撃により順調なものとなっていた。

一時はマインも気を張り詰めていたが、それも失せて今では欠伸をしている始末だ。

俺たちは荒廃した大地の上に散乱している魔物たちの死体を避けながら進む。

マインの案内で魔物が比較的少ないエリアを選んで進んでいる。それでもこれほどのたくさんの魔物を倒しているのには理由があった。

エリスが持つ黒銃剣の発砲音だ。

俺が使う黒弓と違って、遮蔽物のない荒野には、銃声が予想以上に響く。そのため、音を聞きつけた魔物たちを呼び寄せてしまっていた。

しかし、エリスは現状を熟知しているようで、疲れ一つ見せずに淡々と魔物を一掃していく。

「フェイ、帝都まではどのくらいですか？」

「記憶が確かなら、おそらく後半分くらい」

「そうですか……」

ロキシーはそう言いながら、エリスをチラリと見た。

「思った以上に魔物を引き付け始めているな」

「ええ、私の魔力索敵でも感じます」

「と言ってもな……太古の魔物はしつこいから」

蘇ってお腹が空いているのか。それとも他に理由があるのか。

執拗に魔物たちは俺たちに襲いかかっているのだ。

「これだけ倒し続けているのに、異様です。普通の魔物ならこのようなことはありませんん」

あれらに勝てないから逃げるという本能はないようだ。

人間だ！　殺せ！　という殺気を魔物の目から感じる。

「マインはどう思う？」

「来る敵は倒す。それだけ」

なるほど……。元気なマインで何よりだ。

俺たちに迫る魔力はないから、いいか。危険が迫っていないのだからな。

いつの間にか、足元にいたスノウが服の袖を引っ張ってきた。

「来るよ」

「何が？」

もう一度、魔力の気配を探る。何もいない。

「戦って！」

スノウはそれだけ言うとロキシーに飛びついた。

それと同時に足元の地面が吹き飛んだ。

「またかよ。足元が好きだな」

スノウが危険を教えてくれていたこともあり、不意打ちは食らうことなく回避できた。

「こいつ……何だ⁉」

ほぼ透明で目を凝らせば、僅かな光の屈折により存在が把握できる。

目で追うのも大変だ。加えて、やはり魔力を感じない。

「このぉっ！」

黒剣を振るって斬りつけるが、素通りしてしまった。

「くっ」

物理攻撃が効かないのか。それなら、斬り返しには炎弾魔法を付加してやる。

刃が走るごとに炎を纏い出す。

「なっ⁉」

これも駄目だ。

魔法攻撃も素通りだった。

まるで透明のスライムのようなそれは、俺に飛びかかろうとしている。

「フェイ、こちらへ」

天使化して宙を舞うロキシーが俺に手を差し伸べてくれて、間一髪、逃れることに成功する。

「助かったよ」

「相手を試すのはいいですけど、慎重にしてくださいね」

「今度から気をつけます」

「よろしい。しかし、困りましたね。あれは……スノウちゃんの記憶によると聖獣みたいです」

「物理攻撃も魔法も効かないなんてな。なんてやつだ」

「ちょっと待ってください」

今のロキシーはスノウと意識を共有している。
おそらく、スノウから他に情報を得ているのだろう。
地上では、マインとエリスが透明な敵に苦戦していた。
やはり攻撃は当たっていない。
逆に敵の攻撃は有効のようだ。かすった服を溶かしていたからだ。
それに対してマインがイライラしているように見えた。
もしかして、攻撃する瞬間にだけ実体化しているのか?
マインも同じことを考えていたようだ。
敵の攻撃にタイミングを合わせて、カウンターを狙ったのだ。
空を切る黒斧。
地面に突き刺さり、巨大なクレーターを作っただけだった。
透明な敵は突然収縮した。心臓のように全体が数度鼓動する。
「皆さん、すぐにそれから離れてくださいっ!!」
ロキシーの大声が響き渡る。
一瞬動きを止めた敵が、爆発するように体中から無数の触手を高速に発射した。
それはマインやエリスだけでなく、空中にいる俺たちにも伸びてきた。

ロキシーは四枚の翼を巧みに操り、回避していく。

次から次へと進路を塞ごうとしてくるが、縦横無尽に彼女は飛び回る。

空中戦に慣れていない俺は目が回りそうになってしまうほどだ。

地上でも同じようなことが起きていた。回避する二人。

マインには余裕がある。しかしエリスは自身で支援系と言っていたこともあり、接近戦はマインには劣っている。

あの触手に掴まれると、何が起こるのかわからない。

「フェイ、スノウちゃんからの追加情報です。あれは、聖獣ゾディアック・ジェミニ。二頭一対の聖獣だそうです。おそらく、今襲ってきているのは片割れだと思われます」

「倒し方は？」

「……残念ながら、知らないそうです」

そうだろうな。同じ聖獣のよしみで、自分の弱点を教えるお人好しはいないだろう。

二頭一対の聖獣か。今俺たちを襲ってきている片割れは、どうにもならない。

でも、もう一方の片割れなら、どうだろう。

「もう一体を捜しましょう」

「話が早くて助かる」

どう捜すかだ。もし、一方の片割れも同じ能力を持っているのなら、二体で攻撃してくるはず。

そうしないのは、そうできないからかもしれない。

マインには悪いけど、やはり暴食スキルに頼るしかない。聖獣を以前に喰らった感覚が今も残っている。

その時の暴食スキルはいまだかつてなく満足していた。俺に暴走させることも忘れてだ。とてつもなく美味しかったんだろう。

今ここに聖獣がまたいるぞ。喰いたくないのか？

魔力察知よりも暴食スキルの嗅覚に頼る。

感じる聖獣はそこにいるジェミニの片割れ、スノウ、ライブラ……ずっと離れたところに父さん……それに⁉

「この方角は帝都だ。ジェミニの片割れは帝都にいる」

「本当ですか？」

「暴食スキルの嗅覚を信じればさ。それにあれは父さんが差し向けたのかもしれない」

逃げ回っていた俺たちは、帝都とは逆の方向へと押し戻されていた。

その状況による一瞬の焦りにより、僅かな隙が生まれてしまう。

触手は見逃すことなく、俺たちの逃げ場を完全に塞ぐように伸びてきたのだ。

「ロキシー！」

絶体絶命……かと思われたが、触手の動きが顔の目の前で止まってしまった。

「助かった」

「危なかったです。どうして、止まったのでしょう」

「たぶん操作範囲外みたいなものかも」

地上でも同じことが起こっていたからだ。

試しに手を少しでも近づけようとすると、触手は瞬時に反応した。

「これ以上、俺たちを帝都へ近づけさせないってことか」

父さんに言われているような気がした。

死にたくなければ、大人しく帰れと……。

「どうします？　フェイ」

あのジェミニの片割れは、スライムのように触れるものを溶かす力があるみたいだ。

昔戦ったオメガ・スライムなら、腐食魔法で消化に対抗できたが、今回の聖獣には魔法は効かない。

「帝都を目指すためには……」

俺が考えられる方法は、これくらいしかない。

「二手に分かれる。片方はこのジェミニを引き付けておく。そして、もう片方は帝都へ行き、もう一体のジェミニを倒す」

ロキシーと地上に降りると、二人が待っていた。

話を聞いていたマインが頷く。

「それしか方法はなさそう。あれを引き付けるのは回避に長けた者がいい」

「なら、メンバーは決まりだな。マインとロキシーにあれを頼みたい」

マインとロキシーは顔を見合わせる。

二人の共闘は初めてだ。

だが、彼女たちは俺よりもずっと武人だ。状況に合わせて臨機応変に戦えるはず。

「わかった。一緒に帝都へ行けないのは残念」

「無理はしないようにしてくださいね……って言っても無理なことは重々承知しています。でも無理をしてはいけません」

少ない戦力を更に少なくするとは……。俺が組むのはエリスだ。

「いけるか？」

「問題ありません。必要なら私を捨て駒にしても構いません」

感情のない彼女の声色は、言葉とは反比例して軽かった。

「一つだけ命令させてもらっていいか？」

「はい、どうぞ。ライブラ様からあなたの命令を聞くように言われております」

「死なないこと。死のうとしないこと。俺はエリスを捨て駒だとは思わない」

「善処します」

目の前には俺たちを阻むように、居座り続ける倒すべき敵。

聖獣ゾディアック・ジェミニの片割れは静かに佇んでいた。

「準備はいいか？」

結局……楽な戦いなんてないか。喰らうしか俺にはできそうにない。

「ロキシーとマインはあれを東へ誘導してくれ。エリスは黒銃剣で魔弾を打つことを帝都へ着くまで禁止だ。銃声でせっかく遠ざけたあれを呼んでしまう」

自分の道は人頼みではなく、やっぱり自分で切り開くしかない。

ここまでそうやってきたんだ。

久しぶりに、魔物を喰らいまくって暴食スキルの限界に挑戦だな。

俺の中にいるもう一人の自分が、ニヤリと笑ったような気がした。

第11話　帝都メルガディア

1匹、2匹、3匹……10匹……20匹………30匹………これで60匹、まだまだ喰える。喰い足りないくらいだ。それに伴い、ステータスの恩恵によって体から力が溢れ出して止まらない。

ロキシー、マインと別れた俺たちは、ひたすらに帝都メルガディアを目指して進行していた。

東の彼方から、時折爆音が轟(とどろ)いている。おそらくマインが敵からの攻撃を回避するために地形を変えて、隠れる場所を作っているのだろう。彼女ならやりかねない。

あの音は彼女たちが聖獣ゾディアック・ジェミニの片割れと戦っている証拠だ。聞こえている限り、彼女たちは無事だろう。

「フェイト様、ここは私が……」

並走するエリスが黒銃剣を構えながら、聞いてくる。

先ほどからそれの繰り返しだ。

「駄目だからな。発砲音禁止！」

「んんん……」

黒銃剣を持った手がカタカタと震えている。

もしかして撃ちたくてしかたないのか？　あれかな、トリガーハッピーみたいな症状か？

普通ならここまで撃ちたがらないのに、再調整のエリスは違うようだ。戦いにおいて、貪欲さを見せている。

「私としては、帝都に到着する前に、あなたに倒れられては困るのです」

「なら、支援をお願いしたいところだが、それも銃声がするからやっぱり駄目だ」

「暇です」

「いいことじゃないか。ガリアに来て、暇ができるんだからさ」

目の前の、獅子の頭を持ち、さらに山羊（やぎ）の胴体、毒蛇の尻尾という奇っ怪な魔物をぶった斬る。

この魔物はキマイラというらしい。

頭を飛ばしても、元気に生きている。とても生命力の強い魔物だ。

先ほどからこうして、俺を押し倒そうと飛びかかってくる。

押さえつけて尻尾の毒牙で仕留めようというわけだ。

毒耐性スキルは持っているが、素直に噛まれるつもりもない。

片手剣スキルのアーツである《シャープエッジ》を発動。

胴体を両断して、斬り返しを尻尾に向ける。

蛇の頭が宙を舞う。

《暴食スキルが発動します》

《ステータスに体力+2・5E（+8）、筋力+3・4E（+8）、魔力+3・0E（+8）、精神+2・4E（+8）、敏捷+3・4E（+8）が加算されます》

このキマイラは厄介な魔物のはずだ。しかし、溜め込み続けた今の俺のステータスでは、ゴブリン感覚で倒せるようになっていた。

だが、とてつもないステータス上昇による不慣れな体では、その本来の強さを十二分に引き出せてはいない。それでも、この強さに我ながら恐ろしさを感じてしまう。

キマイラのスキルは既に美味しく頂いている。かなり使えるスキルなため、この先の戦いで役に立ってくれるはずだ。

南へ進めば進むほど魔物は強くなり、喰らう俺もそれに比例してステータスが上がっていく。

しばらくすると東の彼方からいつもよりも一段と大きな轟音が鳴り響いた。

見上げれば、天に届かんとばかりに、土煙が上がっている。

「派手にやっているな」

おそらくマインだろう。

あの調子だと、ガリアの地形が大きく変わってしまうかもしれない。

「こちらは帝都まで後少しですね」

「ああ、もう少し」

エリスが涼しげな顔で言うが、魔物たちが渦を巻くように集まり、俺たちの行く手を阻みだしていた。

倒した魔物の血の匂いに反応しているのだろうか。それとも俺たちの匂いを嗅ぎつけてきているだろうか。

帝都への道のりで、それらをのんびり喰らっているわけにもいかない。

マインたちの戦闘が激化の一途をたどっているため、悠長なことも言ってられそうにない。

こっちもあれほど派手にはできないが、やってみるか。

走りながら俺は黒剣から、黒杖に変えた。

それを訝しそうに見るエリス。

「何をされるのですか？」

「通りやすくする」

すべて戦っていると、どうしても移動は減速してしまう。

なら、その道に魔物が入ってこられないようにすればいい。

黒杖に今にも溢れ出しそうな魔力を送ってやる。

ここまでたくさんの魔物を喰らってきて得た魔力だ。

いまだかつてない最大の炎を作ることができるだろう。

「道を作れ！」

黒き炎が杖先に渦巻き出した。

俺の魔力を吸って、炎が成長していく。

高密度の黒炎から、青く発光する小さなものがこぼれ落ちた。

たぶん大気中に舞う粉塵の燃えカスなのだろう。

「フェイト様、前に！」

「わかっている」

大きな口を開けて俺たちを食べようとしている魔物たち。

歩みを止めることなく、迫りくる魔物へ向けて、黒炎を放つ。

魔物たちは黒炎に触れた瞬間、音もなく、匂いも残らずに蒸発した。

無機質な声が、俺に新たなステータス上昇とスキル取得を教えてくれる。

黒炎の勢いは魔物たちを倒しただけでは留まらなかった。

帝都へ向けて一直線に伸びていく。

行く手を邪魔するものはすべてを焼き尽くしながら、ひたすらに荒(すさ)んだ大地に黒く線を引いていった。

頭の中に無機質な声と同時に、もう一つの声が聞こえた。

『足りない……もっと』

いつの間にか歩みが遅くなっていたのだろう。エリスから声がかかった。

「フェイト様？　どうかされましたか？」

「いいや、なんでもない」

黒炎によって作られた二本の線。それに囲まれた道へ俺たちは飛び込んだ。

この道へ踏み込めるのは俺たちだけだ。

ガリアの魔物は大型で、少なくとも人の数倍はある。

ここへ入ろうとすれば、黒炎に触れて蒸発だ。

それに、もし地中から飛び出してきても同じだ。消えることのない黒炎は俺の魔力によるものだ。地面を破壊しようが、浮かんだまま燃え続ける。

この道は俺の許可なしになくすことができない。

「こいつら……死ぬことを恐れていないのか」

俺たちへ向けて魔物たちは、進行を緩めなかった。

燃えて消えてしまうというのに、周りの魔物たちが……眼の前の魔物たちがどうしようなく蒸発しているというのにだ。

天竜と戦ったスタンピードでも、魔物たちは恐れを感じたら逃げていた。

太古の魔物たちには、その選択肢は本当にないようだった。

「自分から死にに行っているのか⁉」

そう思わずにはいられない光景だ。

無機質な声が絶えまなく、聞こえる。

黒杖を握る手に違和感を覚えて、目を向ける。僅かに震えていた。

恐れているのは俺のようだった。

耐えきれるのか？　この状況に暴食スキルが蠢き出したら、どうするのか？　脳裏に焼き付いた不安が大きくなっていくのを感じた。

震える右手を左手で押さえ付ける。

「お前の大事さを痛感させられるよ」

物言わぬ黒杖グリードへ向けて言う。

「いつもこんなときは、お前が励ましてくれていたんだ」

口の悪いやつだけど、迷いが生まれたら背中を押してくれていた。

グリードは言いたい放題しては、最後に「お前らなら、できるはずだ」と言ってくれていた。

聖獣ゾディアック・アクエリアスとの戦いで、グリードは自分は見ていることだけしかできない……なんて口にした。

それだけと言うけど、俺にとっては十二分に力になってくれていた。

「帝都が見えてきた。このまま、ジェミニの片割れを捜す」

「かしこまりました」

暴食スキルの感覚だよりだ。

今よりも……もっと深く繋がらないと正確な位置がわからない。

「もっとだ。俺に力をよこせっ！」

　ここまで深く暴食スキルに潜ったことがない。

「フェイト様、目が⁉」

　エリスはおそらく俺の両目が赤く光っているのを言っているのだろう。飢餓状態を超えるほど、暴食スキルを繋ごうとしているからな。

「くっ」

　なぜか……背中の出来損ないの翼が強く痛んだ。

　構わずに、ジェミニの片割れを探り続ける。

　帝都メルガディアは美味そうな匂いに満ち溢れていた。

　稼働を停止していた機天使（キメラ）たちの動きを感じる。他にも喰らったことのない者たちが帝都に潜んでいる。

　その中でとびっきりの魂たちに、暴食スキルが引き付けられた。繋がっている俺の心も躍（おど）る。

　その一つへ意識を向ける。これは……父さん。

　地下にいる⁉　そこで彼の地への扉を開けようとしてるのか？

　更に探ろうとするが、父さんが俺に目を向けた。

　気づかれた！

「俺に構っていていいのか？」

その言葉に、もう一つ……ジェミニの片割れと思われる方へ意識を向けるが……。

「こいつ……ずっと待っていたんだ」

静かだと思っていたら、理由があったのか。

俺たちが射程距離圏内に入るまで、力を溜めて待ち構えていた。

しかも、今すぐにでもその莫大な力を解き放とうしている。

黒盾で防げるか？

聖獣ゾディアック・アクエリアスの天空砲台を思い出す。あれと同じか、それ以上なら俺は守れても、エリスまでは厳しい。

防戦一方となっては、ジリ貧だ。

攻撃は最大の防御なり。マイン流というわけでないけど、遠距離攻撃に守りだけは相性が悪すぎる。

俺は黒杖から黒弓へと変える。そのまま、溜め込んだステータスの半分を捧げる。

禍々（まがまが）しい姿に成長していく黒弓。

もうグリードによる命中補正はない。自分の力で当てるしかない。

でも、仲間たちのおかげで第一位階の奥義の熟練度は昔の比ではない。暴食スキルの力を使って、変質させることにも慣れた。

グリードがしてくれたことを超える精度で狙ってみせる。

燃え盛る黒炎の中で、射抜くはゾディアック・ジェミニ。スライムのような透明な体をしており、マインたちが戦っている片割れとよく似ていた。

それは父さんと真逆の場所にいる。

帝都に並び立つ山のように高い黒い建物。その中で最も高い建物の頂上に陣取って、俺たちを見据えていた。

「フェイト様」

エリスが俺に向けて、発砲。バフ系の効果が得られるものだった。

一時的にステータスが高まり、集中力の上昇を感じる。

極限まで高めた力を一気に放出する、

《ブラッディターミガン・クロス》

その瞬間、すさまじい反動が俺を襲う。

それは未だに俺たちを襲ってきている魔物たちを吹き飛ばすほどのものだった。エリスのバフがなければ、放った俺自身にもダメージがあっただろう。

ジェミニも俺と同じタイミングで、真っ白な閃光を放っていた。

一直線に互いの攻撃が進んでいく。

二重螺旋（らせん）の黒い稲妻が白き閃光とぶつかり合い、後は力の勝負だと思っていた。

しかし、あまりにも互いの力が強すぎるためか、それともあまりにも真逆の力だったためか……黒と白が磁石のように反発して互いの攻撃が逸れてしまった。

攻撃が過ぎ去った後には、互いに土煙が立ち上る。

晴れると……俺がいたすぐ左横の地面が広範囲に渡り抉（えぐ）れていた。そして、ジェミニが陣取っている建物を消し飛ばしていた。

ジェミニは下へ落ちることなく、空中に浮き続けている。

今までのスライムのような形態から変わり始めており、大きな天使の翼が現れつつあった。

第12話　神を目指す者

ジェミニの変体が完了するまで待つつもりはない。

黒弓にまた50％のステータスを与える。低下した分のステータスならこのガリアの地ではいくらでも手に入る。

先程のブラッディターミガン・クロスで多くの魔物を巻き込み喰らっていた。ガリアの魔物の死を恐れずに群がってくる性質が、良くも悪くも俺を助けていた。

「させるかっ！」

今後はジェミニから攻撃はない。

斥力のようなものは発生せずに、攻撃が届くはずだ。

衝撃に備えて足を地面に食い込ませる。狙うはジェミニの中心……暴食スキルが喰らいたいと言っている場所。

黒弓から伝わる重みを体全身で受け止めた。黒い稲妻は二重螺旋を描きながら、ジェミニを目指す。

未だ形を変えているジェミニは動く様子はない。

このままなら、あの大きな図体に風穴を開けられる。だが……。

「……そうなるよな」

ジェミニに隙などなかった。

俺が放ったブラッディターミガン・クロスは、衝突する瞬間に四散した。細かく枝分かれして、ジェミニの後方にある建物たちをなぎ倒し爆散した。

その光が、まるで後光のように……変体を終えたジェミニを照らしていた。

黄金色の六枚の翼を持ち、優雅に羽ばたいている。

卵に似たでっぷりとした体は、透明で虹色の輝きを放つ。そして中心には得体のしれない紋様が生き物のように動いていた。

内部で何かを演算しているような印象を受けた。

その紋様の動きが止まると、ジェミニの頭上に天使の輪が二重に現れた。

その一つが高速に回転し始める。

「来ます！」

その予兆をすぐに察知したのは、エリスだった。

彼女の黒銃剣を握る手が僅かに震えていた。本来の彼女でなくなってもなお、聖獣への恐れは隠しきれていないようだった。

銃口を天に向けて、一発撃つ。

それは頭上で弾けて、俺たちに緑色の光のシャワーとなって降り注ぐ。

その光は体を包み込んだ。これは以前にエリスが使っていた弾丸、ファランクスバレッドの魔力オーラに似ている。その力は三回まで攻撃ダメージを飛躍的に低減させるものだ。

距離は離れている。あの大きな翼で飛んでくるとしても、少しの時間は要するだろう。

『獲物は……後ろだ』

「なっ」

内なる声によって、後ろに現れたジェミニを察知できた俺だったが……。

「フェイト様！」

ジェミニはお返しとばかりに、超至近距離から閃光を放つ。

一瞬のことで俺はエリスの前で黒弓から黒盾に変えることしかできなかった。

翼で飛んできたというより、空間を跳んできたとしか思えない速さだ。

「くっ……ぐあああぁぁぁ」

黒盾では、なんとか防げている。それにエリスがかけてくれた防御系バフも俺を守ってくれているようだ。

「くそっ、足場が保たない」

いくら黒盾が丈夫でも、踏ん張る地面が閃光の圧力によって崩れていく。エリスも俺の背中を押してくれるが、抑え込むことができない。

地面を砕きながら、帝都の方へと押し込められていく。

閃光が止んでも、勢いを殺すことはできずに帝都の建物の方へ一直線。いくつもの建物をなぎ倒して、最後は叩きつけられて止まることができた。

「ステータスの恩恵がなかったら、バラバラになっていたかもな」

「はい。ありがとうございました……庇っていただいて」

「気にするな」

建物群に突入する前に、後ろにいたエリスと入れ替わったことを言っているのだろう。お互い体は頑丈だから、必要のなかったことだろう。それでも、なんとなく俺がそうしたかったからやっただけことだ。

「それよりも、ジェミニのあの動き」

「おそらく空間跳躍しているのかと」

「あれか……」

以前の経験から心当たりがあった。ラーファル・ブレリックが黒槍で使ってきたものだ。あのときは、武器のみが空間跳躍してきていた。

今回は、ジェミニそのものが移動できるということか。しかも、移動距離が黒槍を遥かに上回っている。

「それなら……これが有効なのかもしれない」

グリードから教わったこと。空間跳躍に干渉して邪魔をしてやればいい。

黒盾から黒弓に変えて、魔矢を引く。そして、砂塵魔法を付加する。暴食スキルが指し示す場所へ向かって、放った。

崩れた建物を回避しながら、ジェミニへ飛んでいく。

うまく行けば、キャンセルできる。

感じる。ジェミニはまた空間跳躍してこようとしている。

「くっ、エリス！　この場を離れるぞ」

石化の魔矢はジェミニに当たる前に拡散してしまった。またか……ブラッディターミガン・クロスの時と同じだ。

「届かないっ！」

マインとロキシーが戦っている片割れとは違う。あれは、こちらからは干渉できない存在だった。

だが目の前に空間跳躍してきたジェミニは、見えない何かによって阻まれている。

「捻じ曲げられている……嫌な感覚だ」

攻撃は届かない。しかし、暴食スキルによって空間跳躍を察知できる精度が上がってきている。

先程の不意打ち攻撃は、もう通用しない。

遠距離からが駄目なら、至近距離ならどうだ。

黒鎌に変えて、閃光を放とうとするジェミニに斬りかかる。スキルが起因しているバリアのようなものなら、この黒鎌の力なら両断できるはずだ。

甲高い声と共に、黒鎌を握っていた両手が痺れる。

弾かれた……いや、拒絶された。赤い目の力をもって、ジェミニの周囲の魔力の流れを窺うが……やはり見えない。

魔力には起因していない。そしてスキルによるものでもない。

この聖獣独自の能力なのか？

「フェイト様、危ない」

能力上昇の銃声を放ちながら、エリスが俺を吹き飛ばす。

閃光は俺の後ろにあった建物らに、大穴を開けていた。

ちょうど、その穴から沈みゆく夕日が顔を出している。

ジェミニから距離を取るため、まだ無事な東側の建物群へ駆け込む。

「あれほどの威力がある攻撃を連続。あいつは底なしかよ」

「私の魔眼をもってしても魔力の流れは感じません。それに別の力を感じます」

「どういうことだ」

「私の未来視の魔眼が、瞬間的に改変されています」

「未来視？」

「ほんの少し先の未来を知ることができる魔眼です。数秒といったところでしょうか」

魔眼を勝手に使っていたのか？

あれは、目への負担が大きいはずだが……言わんこっちゃない、エリスの両目がうっすらと血が滲み始めている。

「これは緊急時です。私のことはお気になさらず」

「……そういうところは変わらないよな。まったく……ジェミニの能力は未来改変なのか？」

そうなってしまえば……打つ手なしに近いぞ。

　エリスは首を横に振る。

「改変と言いましたが、その一瞬、一瞬で揺らぎがあります」

「詳しく」

「おそらく未来改変を完全にコントロールできていないのではと推測されます。もしそれが可能なら私たちは生きていません」

「なるほど、限定的に改変しているか」

　ジェミニの攻撃は今のところ防げている。つまり、攻撃には関与できないのだろう。できていれば、俺たちは逃げることもできずに灰燼に帰しているはずだ。

　限定しているとすれば防御系だ。

　俺の攻撃がジェミニに当たる瞬間に何かをしているわけだ。

「フェイト様、もう一度ジェミニに魔矢を放ってください。次こそは見抜いてみせます」

「それ以上は……」

　未来視の魔眼は、俺が今までに見たどれよりもエリスの負荷が大きいように感じる。こうしている間にも後遺症で白目が真っ赤に充血し始めていた。

　次に使えば、失明してもおかしくはない。

「構いません。相手もこちらを学習しています。さあ！」

「……」

エリスの横顔を窺う。まったくもって……相変わらずだよ。

聖獣が怖いと言っておきながら、結局は強い人だ。

黒弓を構えて、ジェミニを狙う。放たれた石化の魔矢は、何度も見た同じ光景を作り出した。

四散した魔矢がキラキラと風に流されて宙を舞う。

「エリス⁉」

彼女は右目を片手で押さえていた。指の間からは、鮮血がとめどなく流れ出ている。近づこうとする俺を手で制して言う。

「わかりました。ジェミニの能力が」

エリスはニヤリと笑う。

ライブラに再調整というものを施されて、感情というものが希薄になっていたはずだった……彼女の心の奥底が燃え上がっているのを感じた。今もなお、エリスは克服しようと藻掻(もが)いているのだ。

ずっとずっと昔から続いてきた聖獣からの束縛と向き合おうとしているんだ。

第13話 再来の機天使（キメラ）

かつては繁栄を謳歌（おうか）していただろう帝都の中心部。

そこで、ジェミニと数え切れないほど建物をなぎ倒しながら戦い過ぎてしまったようだ。

起こしてはいけない者たちが、動き始めてしまった。

機天使ハニエルと対峙したときに受けた、懐かしいプレッシャーに似た者たちを至るところから感じる。あのときは幼体だった。そして無理やり成体化してきた。

今回は違う。完全体というに相応（ふさわ）しい魔力だ。清々（すがすが）しいくらい禍々しい魔力の大波が襲ってくる。

そのことが余計に魔力を感じられないジェミニの索敵を難しくさせていた。

極めつけは帝都の防衛システムとやらが、起動し始めたようだ。

「あれは……」

見上げた空が青く光る板のようなもので覆われ出した。地上から植物のように天に向かい、帝都をドーム形の空間に閉じ込めようとしている。

帝都の建物よりも遥か高みで起こっており、俺たちは眺めることしかできなかった。

ジェミニの猛攻は続いており、休まる気配はない。

俺とエリスは互いの背中を合わせていた。

「防衛システムなら立ち入る前に動くはずだろ」

「不明です。故意に今まで動かさなったとしか」

「まさか……父さんが」

ジェミニではないだろう。動かせるなら、俺たちに気がついたときに発動させているはず。

なぜ、俺たちをここへ閉じ込めようとしている？　空は完全に塞がれてしまう。

青い光は眩さを増した。途端に、体の重さを感じた。

力が抜けていく……この感じ……似ている。

武器にステータスを捧げて奥義を使うときと同じだ。

「ステータス低下⁉」

「あの光が侵入者に大きなデバフ効果を与えているようです」

エリスの言葉は的確だった。俺たちは侵入者だ。

「空間跳躍が速くなっている！」

「全体的な力が増しています。あの光は彼らにとって、祝福の光なのでしょう」

この期に及んで駄目押ししてくるとは……。

チャンスは何度もない。エリスの目は限界だ。

魔眼はもう一度使うだけで、精一杯だろう。未だに右目は閉じられており、隙間から血が止まることなく流れてしまっている。

「本当に……いけるのか？」

「はい。問題ありません。私のことはお気になさらず」

「お前な……」

「そのような心配は不要です。それ以外に打つ手はないのですから。それよりも、あなたは集中するべきです」

エリスの言っていることは正論だ。この光を浴び続ければ、せっかくチャンスを掴んでも、ステータス低下具合によっては、ジェミニに攻撃が届かないかもしれない。

本末転倒……四の五の言っている場合ではないか。

「わかった。エリスを……お前の中にいる本当のエリスを信じる」

「……生きましょう」

エリスの魔眼によって見えたこと。

ジェミニの未来は分岐して、一つではないという。

通常なら未来視の魔眼が映し出す世界は、一つの未来しか存在しない。しかし、ジェミニには二つの未来が存在する。

俺の攻撃が当たる未来と、外れる未来だ。

それが同時に存在しているのだ。

聞いたときはありえないと思った。未来は絶えず一つだけだと思っていたからだ。だからこそ努力して、より良いものを選び取るはずだ。

この聖獣ゾディアック・ジェミニにはそのルールがなかった。あれは、自分にとって良い方へ誘導していた。

確率変動と言い表した方がしっくりする。

先程の俺の攻撃が当たる未来は、エリスには限りなく希薄な未来として見えたらしい。代わりに、ジェミニに当たらない未来はその逆だ。

色濃く見えており、俺たちの望む未来を塗り潰すかのようだった。

その確率変動という能力によって、攻撃を躱していたのだ。

完全無欠だと思われた能力にも、ほんの僅かな欠点がある。

俺たちが確率変動と命名した理由だ。

必ずしも絶対ではないということだ。１００％で躱せるなら、エリスの未来視で俺の攻撃が当たる世界線は見えるはずがない。

その可能性……彼女が口にした確率は、未来世界を表す色の濃さから、限りなくゼロに近い未来だった。

だが確かに存在して、エリスには見える世界線。

俺たちはそれを引き寄せる。

「ゼロじゃないなら、戦える」

空を舞う機天使たちが俺たちへ向けて、遠距離攻撃を放とうとしている。見渡す限り３６０度からの攻撃。

ジェミニは機天使たちの頭上に陣取る。一斉攻撃後、俺たちにできるだろう隙を虎視眈々と狙っていた。

「エリス、俺から離れるなよ」

「はい。チャンスは一度です」

黒剣に心のなかで声をかける。

グリード……いくよ。

第五位階の姿に黒剣を変えていく。グリードが自身と引き換えに俺に託してくれた力だ。

この黒籠手の指先から放出される魔糸は、他の位階武器より一見頼りなさそうに感じさせる。しかし、聖獣ゾディアック・アクエリアス戦の折に、圧倒的な力をもって、ハウゼンの街と同等の巨体を塵芥(ちりあくた)になるまで切り刻んだ恐るべき性能を有している。

広域殲滅(せんめつ)用とでも言い表した方がしっくりくる。

あまりにも攻撃範囲が広すぎて、手数も多すぎる。加えて、力の制御もデリケート。エリスに俺の後ろから離れるなと言ったのは、誤って攻撃しかねないからだ。

マインに手伝ってもらって、この黒籠手の熟練度を上げようと奮闘したときにはあまりの扱いの難しさに音を上げそうになった。制御不能となった際にはマインを何度も殺しかけそうになり、その都度平謝りだった。

そのおかげで、なんとか実戦で扱えるまでになった。未だ味方を巻き込む可能性は残っているものの、俺の背後にいる分には問題ない。

「フェイト様、来ます！」

機天使たちの咆哮(ほうこう)を狼煙(のろし)に、ありとあらゆる属性の広域魔法が降り注ぐ。その様子は空に大輪の花が咲いたように見えた。

両腕を天に向けて、黒籠手にありったけの魔力を送る。

「切り刻めっ‼」

指先から十本の黒糸が放出される。それが枝分かれして増えては、違う方向へ伸びていく。

始まりは十本だった。瞬く間に数千本以上となって進んでいく。こうしている間にも、増え続ける。

そのすべての黒糸をコントロールする……しないといけない。俺の魔力がある限り、無限に増殖する……まるで生き物のようだ。

機天使たちが放った広域魔法と黒糸が衝突した。触れた瞬間、蜘蛛のように絡みついて、魔法を無に帰す。

この黒糸は、両断に特化した武器だ。そして触れた獲物は決して逃さない。

広域魔法をかき消した黒糸は更に天を目指す。

機天使たちは回避しようとするが、逃さない。逃がすわけがない。

「残らず、喰らってやる！」

黒糸は切り裂く。足を、手を、翼を、胴を……首を。

それだけで止まることはない。肉塊一つも残さずに切り刻む。

塵となった機天使たちが、空に張り巡らされた防衛システムの光に照らされて、煌めいて散っていった。

無機質な声が教えてくれる。機天使たちの魂を喰らい、莫大なステータスを得たという知らせが、脳裏に響いてくる。

左目から血が流れ出しているのを感じる。さすがに、調子が良いとはいえ……機天使たちの一気喰いは負担がかかるようだ。

だが、まだ戦える。これくらいで済んでいる。

あの天空で踏ん反り返るジェミニに喰らいついてやる。

得た莫大なステータスを贄に、第五位階の奥義を発動させる。

「グリード、奪え！　俺のステータスをっ！」

黒籠手が禍々しい形へ成長していく。その力は黒糸に伝播していき、黄金色のオーラを纏い始める。

届いているか……グリード。

これはお前が最後に教えてくれて……俺が行使する第五位階の奥義。

「ディメンションデストラクションだっ！」

煌めく黒糸は空間すらも切り裂く。ジェミニが空間跳躍しようにもその道はもうない。

絶対両断の力がジェミニを取り囲むように収束していく。

第14話　第五位階の力

集中しろ……集中しろ。

ディメンションデストラクションによって、ジェミニを幾重にも切り刻もうとする。しかし、この力をもってしても、確率変動によって回避されていた。

「よしっ。エリス、本当にいいのか？」

「問題ありません」

「……わかった」

この奥義を放った一つ目の目的。

それは隔絶された空間にジェミニを閉じ込めることだ。やつには確率変動と空間跳躍というとても有能な回避能力が二つもある。

まずは空間跳躍を無効化する。

そして次の段階に移行だ。エリスが俺の肩に手を置くが、

「くっ……この……静かにしろっ」

張り巡らされた黒糸の中で、ジェミニが外へ出ようと暴れ出したのだ。

確率変動によって、黒糸に攻撃される未来を捻じ曲げているので、その反発はとてつもない。その衝撃が黒糸を通して指先から肩に伝わる。

黒籠手の隙間から血が滲み出して、地面を赤く染めていく。

「エリス、頼む！」

「はい……私に心を開いてください。私を受け入れて……」

目を閉じて、エリスの温かな魔力を感じた。それが俺へと流れ込んでくる。嫌な感覚はない。次第に混ざり合って、自分の魔力と同化していった。

「うまくいきました」

エリスの声と共に、目を開けると世界は今までと別物だった。その物の本質が目の中に飛び込んでくるようだった。

「これが魔眼を通した世界」

「未来視を最大限に使い、ジェミニの確率変動に干渉します。共有したその目で、生まれた歪(ひず)みを見極めてください」

上空にいるジェミニが二重に見える。これが、エリスが言っていた確率変動か。

当たる未来と、当たらない未来が確かに二つ存在している。そして、当たる未来が希薄な存在となり、残像としてジェミニに付き纏っていた。

「エリス……」

背後にいる彼女の魔力が増大していく。それに伴い、ジェミニの二つの未来に異変が起こる。

希薄だった未来が、色を帯び始めたのだ。

「フェイト様！」

この瞬間を逃さない。全方位から黒糸を同時にジェミニに向かって切り込んだ。

上空で大きな爆発が起こり、ガラスがけたたましく割れる音が響き渡った。その余波は激流となって吹き荒れ、ドーム形に張り巡らされた防衛システムを瓦解させるほどだった。

崩れ落ちていく輝く格子。爆発の煙で、ジェミニの様子は窺えない。

エリスは自分の目がまだ見えることに驚いていた。

「これは……まさか……」

彼女は後ろから前に回って、俺の瞳を覗き込む。

「なんてことをしたのですか」

「悪いな。エリスにだけ、負担をかけるわけにはいかない」

俺の左目はあまり見えなくなっていた。彼女の魔眼を共有した際に、負担を肩代わりできないかと試してみたのだ。

そのとき、俺の魔力も魔眼に流れ込んだことで、予想以上の力を発揮していた。ジェミニの確率変動をより邪魔していたのは確かだ。

「結果的にうまくいったし。それに、まだ戦いは終わっていない。エリスの力が必要だ」

「……はい」

煙の中から姿を現したジェミニの中心部に大きなひび割れが刻み込まれていた。体内で動いていたはずの紋様も今は止まっている。

どうやら、未来は一つに収束したようだ。俺たちにも届く未来へ。最も厄介だったジェミニの守りが失われたことを、暴食スキルも感じ取っている。

俺に呼びかけている。聖獣を喰え、喰らい尽くせと、俺の耳元に這い寄り、囁き続ける。

「言われなくても、喰らってやる」

まだ、ディメンションデストラクションの力は残っている。

黒糸によって、ジェミニを空間の牢獄に閉じ込めたままだ。空間跳躍で逃げられない。

「いけえええぇぇっ!!」

ジェミニは自身を守るように、大きな翼で体を包み込む。

俺は構わずに、黄金色のオーラを放つ黒糸を行使する。

ジェミニの翼が一枚、また一枚と切り裂かれていく。

追い詰められた……それは口がないというのに、高音で叫び始めた。

今更、命乞いか？

「もう、遅い！」

黒糸を竜巻のように回転させながら収束させて、ジェミニを押し潰す。

「千切れろ!!」

次はガラスが割れる音はしなかった。手応えがあった感じはするが……。

「やりましたか？」

「……いや、まだ」

無機質な声からステータス上昇などの知らせがない。

つまり、倒せていない。

逃げ場がないはずなのに……何をした!?

上空を見る。今も、黒糸が球状となってジェミニを取り囲んでいる。

黒糸から指先に伝わる感覚も変わっていた。そして、球状の黒糸の間から、液体が漏れ出していた。

「これは……もしかして。エリス、離れろ！」

「えっ」

卵の殻を破って中身が出てきたように、真下にいる俺たちに流れ落ちてきた。

間一髪、エリスと一緒に飛び退いて回避する。落ちてきたそれは集まり、スライムのような形態を成していく。

ロキシーたちが戦っている片割れだった。黒糸がまったく当たらないことからも、間違いなさそうだ。

それに暴食スキルが獲物を逃して口惜しそうにしていることからも、今まで戦っていたジェミニとは別物だろう。

転置したというのか？　この力は空間跳躍のようなものではない。

二つで一つの聖獣だからか？　互いの位置を置き換えられるのかもしれない。

「フェイト様⁉」

エリスは声を上げて、俺の名を呼んでいた。

なぜなら、俺がジェミニの片割れに向かって、一直線に走り始めていたからだ。

黒籠手から扱い慣れた黒剣へと変えて、しっかりと握りしめる。

俺は信じていた。いや確信していたといった方がいい。

あれには攻撃が通用しない。逃げることしかできない聖獣だとしても、ロキシーやマインたちが対峙している方は違う。

確率変動という絶対の守りを失い、俺たちから逃げることしかできなかった聖獣だ。

そんなやつに彼女たちが後れを取るはずがない。

後方から銃声。エリスのエンチャント射撃によって、俺は加速する。

襲い来る触手を躱して、更に前に詰めていく。ジェミニの片割れもそれを予想していたのだろう。

足元から大量の触手を這わせてきた。それが俺を取り囲む。俺が先程やったディメンションデストラクションの真似ごとのように、逃げ場が一切ない攻撃だった。

見守っていたエリスもたまらず声を上げる。

俺へと収束していく触手たち。それでもスピードを緩めることはなかった。

精神統一スキル……発動。

一定時間、技系・魔法系スキルの威力を五倍に増大させる。滅びの砂漠ではまだ扱いに慣れていなかった。しかしマインとの鍛錬で今は物にしていた。

併せて、その鍛錬で最も熟練度を上げた俺の剣技。

炎弾魔法を黒剣に流し込む。剣先から炎が溢れ出す。

触手が俺に触れようとした瞬間、視界から消え去った。

そして目の前に現れたのは、スライムのようなジェミニではなく、大きな卵のようなジェミニだった。

六枚の自慢の翼は一つもない。ロキシーたちによって残った翼を切り落とされたのだろう。特にマインの攻撃と思われるとてつもなく重たい一撃を受けており、卵の体が斜めに大きく割れていた。

逃げた先で、想像を超えた攻撃を受けたのだろう。ジェミニは悶えるように今も叫び続けている。

そして、俺たちに気が付くと、閃光を放とうとした。

俺は炎を纏い始めた黒剣を強く握り、炎弾魔法から暴食スキルによって変質させて、豪炎魔法へと昇華させた。

炎は輝きを増し、黄金色へと変わっていく。

ジェミニが戻ってくると確信していた俺のほうが、一歩も二歩も先を行っていた。

「お帰り……」

燃え盛る黒剣で、ジェミニを一刀両断した。炎はジェミニを貪り食うように、灰へと変えていく。

それでも、耳をつんざくほどの声は止まない。ジェミニの体が青白い光を放ち出した。

転置でまた逃げようとしているのか!?

その時、俺の体が意思とは関係なしに勝手に動いて、ジェミニを横一閃で斬り飛ばした。

今度こそ、ジェミニのすべてが灰となって消えていった。

俺は突然のことに驚いていると、頭の中で無機質な声が響き渡る。

《暴食スキルが発動します》

その声と同時に、背中の出来損ないの翼から、脳を焼き切るほどの痛みが流れ込んできた。

「フェイト様!?」

側にいるエリスの声がどんどん遠き、意識が保てなくなっていった。

第15話　精神世界

真っ白な世界が広がっている。俺はいつの間にか、そこへ佇んでいた。

初めて訪れたときには戸惑っていた。だけど今では見慣れた景色。

ルナとグリードがいた頃には、修行と称してここでバカ騒ぎしていたこともあった。そんな彼らはいなくなり、静かになってしまった世界。

楽しかった日々は過ぎ去り、残ってしまったのは、俺たちだけ。

白い地面から水が湧き出すように、真っ黒いものがゆっくりと現れた。純白の布に黒いシミが滲むように、ルナが残してくれた精神世界を侵していく。

しっかりと広がりきった黒いシミは、浮き上がる。

そして集まり、人の形を成す。真っ黒なそれは、首を振るたびに色付いていった。

固唾(かたず)を呑んでいる俺の前に姿を現したのは、もう一人の自分だった。真っ赤で忌避したくなるような両目で俺を睨んでいた。

「会いたくはなかった……」

俺の言葉にそいつは醜悪な笑みを浮かべてみせる。

待ちに待っていたとでも言いたそうだった。

もう一人の俺——偽フェイトは手をまっすぐに前に上げる。その指先から落ちた黒い液体が、またしても真っ白な世界に黒いシミを作り出す。

世界にぽっかりと空いた黒い穴。そこからは暴食スキルに喰われた者たちの叫び声が聞こえていた。

何をする気なのか⁉

身構える俺の前に現れたのは、禍々しい黒大剣だった。偽フェイトが以前に持っていたものよりも、サイズアップしたように見える。

暴食スキルに喰われた者たちがいる場所……暴食の胃袋と繋がっている穴からゆっくりと出てくる黒大剣がすべての姿を現す。

やはり大きい。黒剣の三倍以上はある。

偽フェイトはその黒大剣を片手で軽々しく持ち上げる。そして、剣先を俺へ向けた。

「くっ……」

少しずつ後ずさりする俺に、偽フェイトは蔑むような目で歩いてくる。

ここでは俺の武器——黒剣がない。無手ではあの強力そうな黒大剣に立ち向かえない。現実の俺が目を覚ますまで、この精神世界であいつから逃げ切れるのか……。偽フェイトは逃がす気などないようだが。

「来るっ」

あれほどの黒大剣なのに、動きはコンパクトで速い。

紙一重で躱して、後ろへ飛び退く。着地と同時に左へ回避。

それを追うように、真っ黒な刃が俺の首筋があった場所を通り過ぎていった。

少しでも遅れていたら、首と胴体がおさらばだった。

前に対峙したときよりも、動けるようになっている。現実の鍛錬がこの世界でも活かされている。

しかし、防戦一方だということは変わりない。

スピードを増して偽フェイトが右から袈裟斬りで踏み込んでくる。

体を反らして躱そうとしたとき、頭の中に電流が走るような感覚が駆け抜けていく。その攻撃はフェイントだ。本命は横一閃だと何かが教えてくれるのだ。

なんなんだ……この感覚は……。

時折、偽フェイトの攻撃方法がわかってしまう。同時に真っ黒で悍(おぞ)ましい思考も無理やり頭の中に入り込んでくる。

それは、人を……魔物を……生き物を殺すことに喜びを感じているような恐ろしいものだった。俺との戦いですら、偽フェイトは歓喜していた。殺したくて、殺したくて仕方ないようだ。

この偽フェイトは暴食スキルの化身なのか？　殺して魂を喰らいたいのか？

「お前は俺を喰らいたいのか？」

「……」

「答えろ！」

偽フェイトは何も言わない。これが答えだとばかりに、黒大剣を俺に振り落とす。

それを躱して、全力の回転蹴りを首筋にくらわせる。偽フェイトは後ろへ大きく吹っ飛ぶ。しかしすぐに何事もなかったかのように、俺を睨みつけた。

有効打にはなっていないらしい。

「あぁぁっ……あぁぁぁあああぁ」

俺の反撃が刺激になってしまったのか。偽フェイトは雄叫びを上げ出した。いや、喚き散らすと言ったほうが正しい。

口から締まりなく涎を垂らして、頭を掻きむしる。知性のある人間とは思えない行動だった。

その後、しばらくして顔を上に向けて放心状態になってしまう。このまま静かにしてくれるなら、どれほどありがたいか……願うばかりだ。

「そうなるよな……」

突如として偽フェイトの背中から、四枚の黒い翼が生えてきた。それをゆっくりと羽ばたかせながら、顔を俺に向けた。

その表情は先程までとは打って変わったものだった。

獣のような目から、意思が宿ったものとなっている。

そいつの口から、放たれた第一声は意外な言葉だった。

「偽者が」

俺にそっくりなお前に言われたくもない。何が……偽者だ。

「体を返せ」

これは俺の体だ。お前の体ではない。

暴食スキルが俺に似た形を成しているだけなのに、無茶苦茶な物言いだ。

「偽者はお前だ！」

そう言ってやると、偽フェイトは四枚の翼を大きく広げた。真っ白な世界が揺らぐほどの威圧力だった。

　僅かに、翼が動いたかと思うと、偽フェイトは俺の目前まで接近していた。

「速いっ」

　避けきれない斬撃が俺の右腹を切り裂く。肉体ではない精神体へのダイレクト攻撃は、身を焦がされる以上の激痛をもたらした。

　ルナが精神体へのダメージの恐ろしさについて、よく語ってくれていたし、以前にも偽フェイトから攻撃を受けていたので、耐えきれると思い込んでいた。

　しかし、これは……予想を遥かに上回る。たった一撃なのに、以前との重みが別物だ。

「ぐうあああぁぁぁ」

　立っていられないほどの痛み。ふらつく俺の頭を偽フェイトが空いていた手で鷲掴みする。

「お前がそれを言うのか」

　そして、締め上げてきた。

　逃れようと暴れるが、ものすごい力で微動だにしない。

「放せ」

「本物は俺だ……偽者はお前だ。よくも……よくも……よくも……本物は俺だ……偽者はお前だ」

偽フェイトは同じ言葉を呪詛(じゅそ)のように繰り返すのみだ。こちらの声など届いていない。聞こえたところで、聞く気などないだろうけどさ。

「消えろ……」

「クッ」

傷口から黒いシミが現れて、俺の体をじわりじわりと侵食し始める。先程の激痛とは打って変わって、感覚が失われていく。

そしてこの脱力感は、グリードにステータスを捧げるときに似ていた。俺の力を……存在を奪おうとしているのか⁉

くそっ……。こんなときにグリードがいてくれたら……偽フェイトと戦えるのに……。

「グリード……」

「いなくなれ」

「……グリード」

「終わりだ。お前は元々……」

「グリード！」

右手の中にずっしりとした重みが伝わってきた。

俺はそれを力一杯に振り上げた。偽フェイトは躱すために、俺を名残惜しそうに解放する。

俺が手にした武器と偽フェイトの黒大剣がぶつかり合う。そして、刃先から火花を散らしながら、互いの顔に向けて睨み合う。

「邪魔をするな」

『僕の本意ではない。しかし、これはエリスの願いだ。使い手に応えるのが武器の役目だ。たとえ、気に入らない奴でも』

俺が手にしている武器は、意外なものだった。

ガリアの地で殺し合った仲。エリスとは色々あったようで最後は和解したと聞く。だが、俺とはあの一件以来、話す機会もなく保留という形で今に至っていた。

「まさか……お前が助けに来てくれるなんて」

『非常に不本意ながら、助けてやる。僕を使いこなせるのならな』

グリードとは違った憎まれ口を叩く黒銃剣。

エンヴィーが敵として立ちはだかったときの苦々しい思い出が蘇ってくる。それと共に、そんなやつが俺に協力してくれるとは……これ以上ないほど頼もしい。

「使いこなしてやるよ」

『言ってくれるね。そうでなくては……僕も困る。君にはここから現実に戻って、やってもらうことがあるからさ』

やってもらうことは、聞くまでもなくエリスのことだろう。

ライブラから彼女を解放する。エンヴィーと俺には共通の目的がある。いる場所は違えど、同じ方角を向いているのなら、俺たちは共に戦えるはずだ。

俺は黒銃剣を握る手に力を込めて、黒大剣を押し払う。

「いくぞ、エンヴィー」

『言われなくとも。遅れを取るなよ、フェイト』

銃口を偽フェイトに向けて、引き金を引いた。

第16話 偽フェイト

黒銃剣と黒大剣が互いを拒絶するかのように火花を散らす。

偽フェイトの動きは、不思議と予想できる。そして、俺の動きもまた同じだった。

『さっさと僕を使いこなさないと死ぬよ』

「……」

エンヴィーの憎まれ口すらも、気にならなくなっていた。

なぜだろうか……俺は偽フェイトとの戦いを楽しみかけている？　戦うべき仇敵をやっと見つけたような感覚と言えばいいのだろうか。

それはまた偽フェイトも同じだったようだ。

憎悪に満ちた表情の中で、僅かに笑みがこぼれている。

剣戟の一つ一つにおいて、俺と戦えることに心からの喜びをぶつけてくる。とにかく、一撃が重いのだ。

精神世界は、現実世界の力だけが反映されるものではない。グリードやルナが俺に教えてくれたこと……ここでは肉体はなく、そこに宿る心の強さ――心力が試される世界。

現実世界では肉体があるゆえに勘違いしがちだが、レベル・ステータス・スキルが宿るのは肉体ではなく、心にあるのだ。

暴食スキルに対して更なる耐久を得るために、グリードやルナが精神世界で俺の心力を鍛えようとしてくれていた。その期待にどれほど応えられたかはわからないけど……こいつだけには……偽者だけには負けられない。

ぶつかり合っていた黒大剣を押し返して、銃口を向ける。

『これは……何が起こっている⁉』

エンヴィーが驚きの声を上げているが、構ってやる暇はない。黒銃剣の形状が変化していく。

俺には、支援特化の黒銃剣は性に合わない。俺の心にあったものでなくては、全力で戦えない。

そして、ここは俺の精神世界だ。なら、できるはずだ。

「俺が持つべき形へ……」

『ありえない。僕はグリードのような能力は備わってないのに……』

「変われ」

支援系など不要。ひたすらに攻撃力を追い求めた特化仕様。

黒銃剣エンヴィーは、刺々(とげとげ)しい好戦的なフォルムへと変貌していく。

より射撃力を求めるため、銃口は大きく。より斬撃力を高めるために剣身は長く鋭く。

両手でやっと持てるくらいの大ぶり。偽フェイトが持つ黒大剣と同じくらいの大きさ。

重さもずっしりとした。これで押し負けることはない。

「どうした？　自分のことなのに驚いて？」

『君という人は……これだから暴食は…………いや、これは本当に暴食スキルだけの力なのか……』

「来るぞ」

『まあ、いいさ。今は君に乗せられてやるよ』

この新たな力にエンヴィーすら理解が追い付いていないようだった。しかし、俺にはこの武器の仕様がなぜか理解できている。このフォルムにしたのが俺だからか？　それとも、他に理由があるのかもしれない。

エンヴィーではないが、目の前に迫る偽フェイトを倒してから考えればいいことだ。今は、戦いに集中するべきだ。

銃口は偽フェイトに向けたまま、頭の中に浮かんだ言葉を放った。

《カタストロフィレイン》

黒銃剣の各部が発光し始める。莫大なエネルギーを溜めているのを感じる。

そのチャージは一瞬で完了。ほぼノンタイムで俺は引き金を引く。

血のように赤い銃弾がいくつも放たれる。雨のような無数の攻撃だった。

黒銃剣は今まで一発しか打てない点の攻撃だった。それが、散弾のような面の攻撃だ。

至近距離まで近づいていた偽フェイトに躱せる時間も間合いもない。

さすがの偽フェイトも顔を歪(ゆが)ませる。つまり虚を突けたらしい。

「偽者がっ！」

奴はその状態でも反応して黒大剣を盾のようにして、カタストロフィレインを凌ごうとする。

「ぐあああぁぁぁ」

所詮は急場を凌ごうとした盾。黒大剣が如何(いか)にも大振りだとしても、盾ではない。俺の銃弾を防ぐに足りない。

赤く輝く銃弾が偽フェイトの肩や腕……足などを撃ち抜いていく。

ダメージを与えるたびに、俺の力がみなぎってくる。防戦一方で奪われるのみだった俺にとって、これは嬉しい誤算だった。

「お前の力を喰らってやる」

「馬鹿な……なぜだ……偽者のくせに」

偽者、偽者とうるさいんだよ。

「お前の方こそ、偽者じゃないか！」

黒銃剣を大きく振るって遠心力を乗せる。それを偽フェイトへぶつけた。甲高い金属音と共に黒大剣が弾かれて、偽フェイトが大きく仰け反る。

「本物は俺だ。暴食スキルの中で眠っていろ」

続けざまに、斬り返す。

偽フェイトはバックステップで斬撃を避けてみせるが、

「があああぁぁっ」

躱したはずの攻撃は当たっていた。それも斬撃は一つだけのはずだが、偽フェイトを複数回に渡って切り刻んでいた。

奴は何が起こっているのか、わからないようだった。先程まで、俺たちは繋がっており、互いの攻撃が手に取るように読めていた。

それが黒銃剣エンヴィーの形態変化を起点として、袂を分かったかのように、繋がりは失われたようだった。

偽フェイトにダメージを与えたことで、俺の強さが増していく。

「まだ……力が足りない。まだ……時間が足りない。あと少しだというのに……」

これ以上は不利だと察した偽フェイトは黒い塊となって、真っ白な地面に染み込み始めた。

その前に、斬り飛ばしてやる。

「なにっ⁉」

しかし、足元の白い地面が揺らぎ出した。偽フェイトの攻撃かと思って、攻撃をやめて距離を取る。

下だけではない。この真っ白な空間自体が揺れているのだ。

戦い倦(あぐ)ねている俺を尻目に、黒いシミは言葉を残して消えていく。

「扉が開かれた……時は来た。次はお前を……コロ……ス」

くっ！　逃げられたか。

偽フェイトがいなくなっても、揺れは止まらない。これは奴が起こしているのではなかったようだ。それにしても、扉が開かれたとは……まさか⁉

「エンヴィー、あっちの世界はどうなっているんだ？」

『君の予想通りさ。ジェミニを倒してから、状況は一変してしまったさ』

「なんで教えてくれなかった⁉」

『伝えたら、心が乱れて、とても君はあれと戦えるとは思わなかったからね』

ぐうの音も出ない。ここは精神世界。心が乱れていては、偽フェイトに勝てなかっただろう。

『帝都が本格的に稼働し始めた。本来の機能を取り戻した。機天使や防衛システムなんて、まだまだ序の口ってことさ』

「みんなは無事なのか？」

『それは君が一番良くわかっているはず。それよりも、僕たちがいる場所の方がまずい』

真っ白な空間が歪みを起こして、崩壊寸前だった。ルナが残してくれた暴食スキルから守りの世界がなくなろうとしていた。

『本来あるべき、姿へと戻ろうとしているみたいだね』

「帰る方法は？」

『僕は知らない。君が知っているのかと思っていたけど……どうやら見当違いだったようだね』

白い地面が所々で砕けて、俺たちの居場所を削っていった。飛び石のようになった足場に次々と移動して、時間を稼ぐ。

「いつもなら、帰れたはずなのに」

『黒い世界が流れ込んでくる……まさに暗雲低迷だね』

「進むしかないのか」

俺は息を呑んだ。この下には行きたくないと本能が言っている。

そんな俺を見て、エンヴィーがケラケラと笑ってみせた。

『さすがの君にも怖いものがあったのか。これは驚きだね』

「当たり前だろっ！」

『暴食スキルの深淵か……まさかこの目で見られる時が来るなんて、長生きはして見るものだね』

「帰れないかもしれないのに呑気だな」

『僕は所詮、武器さ。結局は君次第。君は帰れるかわからない世界に、これから挑まなければならない。僕はただの傍観者さ』

「……傍観者」

その言葉は淋しげだった。同じ言葉を俺は聞いたことがある。

グリードが最後の力を振り絞って消えていくときに言っていた——あの言葉と重なって

感じられた。

大罪武器として、とてつもない力を持っていても、満たされないもの。それ以前に、彼らはそうなることを望んでいたのだろうか？

もし、望んでいなければ……と考えてしまえば、それはこれから飛び込む場所と同じような世界なのかもしれない。

『怖くなったのかい？』

「お前こそ」

『僕には、そういうものはないね。たとえ、亡者共が闊歩する世界がこの下に広がっていようとね。いる場所が違うだけで、大した問題ではない』

「……エリスが待つ場所へ帰ろう」

『それができたら、君を認めてやるよ』

エンヴィーがそう言い終わると、最後に残った足場が砕け散った。

第17話　暴食スキル

うめき声が奥底から響き渡る。それは耳に纏わり付き、背筋に悪寒が走るほど聞くに堪えない。

『ビビっているのかい？』

「まさか、お前の方こそ」

『僕は楽しんでいるよ。ここが暴食の世界……悍ましい。エリスなら泣いてしまいそうだね』

暗さの中に僅かに血のような色が混ざっている。それは下へ落ちていくほどに鮮やかになっていく。

死の予感。本能がこれ以上、下へ行くなと警鐘を鳴らす。

翼があれば空を飛び、ここから抜け出せそうだが……あいにく俺には出来損ないの翼しかない。

それにしても、エンヴィーは先程エリスがここを見れば泣いてしましそうだと言った。修羅場をくぐり抜けてきたと思われる彼女のそのような姿は想像できないが……。

『嘘だと思うのかい?』

エンヴィーはいつものはぐらかすような物言いとは違った口調で俺に投げかけた。それはずっしりとした重みのあるものだった。

『まだ下に着くまで、時間はありそうだね。それまで昔話でもしようか』

「お前の自慢話以外ならな」

『その心配は杞憂さ』

エリスの過去か……。結局、俺はライブラと彼女に何かがあったのは知っているが、詳しいことは知らない。

王都に残った白騎士たちも、教えてくれなかったし。エリス本人からも、あまり言いたそうな素振りではなかったため、ライブラの話をされた際にも深くは追及できずにいた。

『エリスは臆病なのさ。戦うことから逃げて、僕からも逃げて、一人で新天地へ逃げた……でも、そこでやっと気が付いたのさ。そこには自分の居場所すらないってことにさ』

そうかもしれない。俺も暴食スキルの真の力に目覚めるまで、スキル至上主義の世界から、ずっと逃げ続けることしかできなかった。そこに自分の居場所などなかったように思える。もし、目覚めることがなかったとしても、ロキシーに助けられていたかもしれないが、それは与えられたもので、やはり自分の居場所とは違うだろう。

　どんな形であっても、当てもなく逃げ続ければ、置かれている場所は悪化の一途だ。その先にあるものは、あまり良いものではないだろう。

『君に興味を持ってから、少しずつ変わり始めたようだったのに……残念だよ。逃げ続けてきたツケは回ってきたのさ』

「ライブラか……」

『エリスの創造主であり、絶対的な主であり、育ての親』

過去に起こったライブラとエリスの戦い……いや、エンヴィーが言うには実際に戦ったのは、ケイロス。暴食スキルの前保持者であり、黒剣グリードの前の使い手だ。

　一度だけ彼に会ったことがある。過去に囚われてしまったマインを引き戻すために、彼女の精神世界に潜ったときだ。なぜか……そこにケイロスが介入してきて、道標(みちしるべ)となって助力してくれたのだ。

　今も彼の魂は俺の中……おそらく暴食スキルの中にいて、見守ってくれているという。

ケイロスが別れ際に言ったことだ。

『ケイロスは、仲間を集めて聖獣人たちから独立しようと戦っていた。誰かさんと違って、単独行動はあまりしない人だったね』

「うるせ。一人が好きで悪かったな」

『いや、普通はそうさ。大罪スキル保持者の力は強いからね。でも聖獣人たちと戦うとなれば、そうはいかない。君だって今は仲間を得ているだろ。まあ、ケイロスは陽気で面倒見が良かったから、自然に人が集まったのもあるけどさ』

聖獣人の人数は多くない。次々と仲間が増えていくケイロスの勢力に手を焼き始めていたようだった。

殺しても、殺してもその勢いを削ぐことができずにいた。積年の恨みという圧政への反発が、聖獣人たちがいる限り、収まらなかったからだ。

彼らも、手をこまねいていたわけではない。そして自らの手を汚さずに解決する良い方法を思いついた。

自分たちの因子を人間に植え付けて、強力な力を持ち、操り人形として扱える兵士たちを用意したのだ。

それが聖騎士の始まりだった。大量に生産されたそれは、強力なスキルを行使してケイロスが率いる軍勢と戦うことになる。

戦況が盛り返してきたことに気を良くした聖獣人たちは更なる研究を進めた。その中で最もこの研究に入れ込んだのがライブラだった。

より強く、容姿も良い選りすぐりの聖騎士たちを交配させて、精度を高めていった。聖獣人の因子率が上がることで、攻撃的な聖騎士が増えていたが、首輪を着けて操り人形にするので大した問題にならなかったようだ。

『繰り返される生産の中で、聖騎士ではない者が生まれてきた』

「それって……」

『エリスさ』

常闇に落下を続ける俺に、エンヴィーは懐かしそうに言う。

『見たこともないスキルを保持した赤子。ライブラは強く興味を持った。そして、すぐにケイロスが持つスキルと同系だとわかると、自分専用の実験体として利用していったのさ』

エリスが持つ魔眼は、魔物から抽出したものを移殖したと言っていたし。その他に身体を強化するために、いろいろと改造されていた。

『エリスは人間というよりも、魔物に近い存在さ。だから、居場所がどこにもないのかもしれないね。救ってくれたケイロスも、いなくなってしまったわけだし』

「お前はエリスを解放する方法は知っているのか？」

『知っていたら、君に教えているさ。それに、僕は覚えているのはケイロスがエリスの首元に触れただけで、あの従属の首輪が外れたことだけさ』

「触れただけ？」

『何をしたのかはわからない。ケイロスはそのままエリスを置いて、ライブラとの最後の戦いに赴いてしまったからね。その後どうなったかも僕たちは知らないのさ。解放されたエリスに残されたのは、崩壊寸前の世界と自我に目覚めた聖騎士たちだった』

エリスとエンヴィーは協力して、世界を復興しようとしたそうだ。

しかし、気性が激しく気位の高い聖騎士たちを束ねることは容易なことではなかった。

そのため長い時間を要したようだ。

その中で信頼できる聖騎士が現れ、眷属として縁を結んだのが、王都にいる白騎士たちだった。あれほど聖騎士がいるにもかかわらず、縁を結べたのが、たったの二人とは……

それほどまでに聖騎士の扱いは難しかったようだ。

俺も王都で聖騎士として、城に出入りしていたことがあるので、大変さはよくわかる。

アーロンから家督を継いだ報告の際に、王の謁見の間で、難癖をつけられたあげく抜剣されたくらいだしな。

『新たな王国を取りまとめるには、わかりやすい理を作ることが必要だった。聖騎士たちを優遇することになったとしても、来たるべき戦いに備えようとした』

「ライブラとの戦いか？」

『そうさ。スキル至上主義という厳しい環境を作り、そこから生まれる怨嗟（えんさ）を利用して、新たな冠人間――大罪スキル保持者を作りだそうとした……』

しかし、エリスはエンヴィーを残して出て行ってしまった。彼女には、ライブラと戦うためといっても、そのようなことはできなかったからだ。

『エリスにはライブラにされたことと……同じことをしてまで戦えなかったのさ。以前に僕がロキシーを殺そうとしていた時、エリスは君に会っていたようだね』

「ああ、あの時は……」

ロキシーが殺されるのを邪魔するなと言っていた。それに対して俺は怒ったのを覚えている。

『彼女らしいね。ああ見えてエリスは不器用だからね』

「どういうことだ？」

『自分には止めることはできないから。君に頼んだのさ』

「あぁぁ……」

つまり、俺を怒らすことによってエリスはロキシーを救うようにけしかけたのだ。

「わかりづらいって」

『そういうものさ。口で言っているのと、本音が違っていることなんてよくあるさ。その点、君は実にわかりやすい』

「褒めているのか？」

『どっちかな』

「この……やっぱりお前とは合いそうにない」

亡者共の声が一層大きくなりつつある。じめっとした肌に纏わりつく嫌な空気もより増している感じだ。

俺は下を見ながら、黒銃剣を握り直す。

『時間だね。お喋りはここまで』

「ああ、やっと終点みたいだ」

俺たちは暴食スキルの根源に辿り着こうとしていた。

第18話　亡者の叫び

精神世界なのにむせ返るほどの暑さを感じるなんて……変な気分だ。

マグマのように燃えるような世界の色が、そうさせてくるのだろうか。それとも、俺たちに襲い来る亡者共の熱気が駆り立ててくるのかもしれない。

『ビビっているのかい？』

「お前こそ」

『僕は楽しんでいるよ。ここが暴食スキルの世界とはね』

悍ましい……。この言葉がこれほど似合う場所はないだろう。

報われることも、逃げることもできない苦痛に満ち溢れた世界。

この暑さに魂がゆっくりと熱されて、焦がされていくように感じる。そして残ったものが、ここに蠢く亡者たちだ。

生き物としての心をなくし、ひたすら俺に襲いかかろうとしている。

それを黒銃剣で斬り倒す。

『切りがないね』

「斬っても無駄か……」

『元々死んでいるからね。あれは全てで一つの存在となっているように感じる』

「つまり……」

『一体、二体倒したところで、いくらでも再生する。倒す方法があるとしたら』

「暴食スキルの世界ごと、消し去るしかない」

『ご明察。そんなことはできないだろうけどね』

推測が正しいのなら、この目に見える亡者たちは暴食スキルの一部に過ぎないということだ。

しかも末端の存在。斬っても斬っても、起き上がり襲いかかろうとしてくる。

『阿鼻叫喚(あびきょうかん)……か』

「それって……」

エンヴィーの言葉が気になった。確かに、亡者の何体かは涙を流しているようにも見えたからだ。

『苦しいのか、それとも……まあ、僕の知ったことではない。フェイト、準備はいいかい？』

「何をだ？」

群がってくる亡者に気を取られていたため、エンヴィーが言っていることがわからなかった。しかし、そいつが亡者たちを薙ぎ払いながら、近づいてきていた。

因縁。俺が王都で殺した初めての聖騎士。それによって得たスキルで、俺はアーロンの養子となり、代わりに聖騎士となった。

俺があいつのすべてを奪った。スキルもステータスも……魂すらも。

そして、再び王都に戻ったときに、魂の抜け殻になってもナイトウォーカーとして蘇り、俺への憎しみをぶつけてきた。

暴食スキルに喰われた魂もまた同じのようだ。憎しみが暴食スキルの一部となることを拒み続けて、静かに俺がここへやってくるのを待っていたみたいだ。

「本当に……諦めの悪いやつだよ。お前は……」

いい加減に終わりにしよう。それは……俺の都合だ。

だけど、ここでも押し通させてもらう。俺はお前のために死んでやることはできそうにない。

「ハド・ブレリック！」

「フェイトオオオォォッ!!」

人の形はしていなかった。ナイトウォーカーだった頃の方がまだ良かったと言えるほど醜く姿は歪み、体からは悪臭をたれ流しながら、丸太のように太い腕を俺へ振り下ろしてきた。

飛び散る異臭。俺は後ろに飛び退き躱したが、それを浴びた亡者たちが藻掻き苦しむ。ドロドロに溶かされて液体になってしまう。それはハドの足元に集まって吸い上げられた。

「喰ったのか⁉」

『みたいだね。これはもしかして、暴食スキルの力の一部を得ているのか、それとも真似事かもね』

ハドは更に醜く成長していた。

「フェ……フェイト……お前を……喰ってやる。僕を……返せぇっ」

支離滅裂な攻撃が駆け抜けていく。

そのたびに亡者たちが喰われていく。膨れ上がる憎悪が今にもはち切れそうに、ハドの体を大きくしている。俺の名を呼ぶ声もいつの間にかなくなり、亡者たちと同じ呻きとなってしまっていた。

『こうなってしまえば、無残なものだね。どうする？』

「それは……」

俺は振り上げた黒銃剣を……。手には力を込めている。

ハドは今も亡者たちを取り込んでいる。もう俺を認識すらできないようだ。次第にそれは大きな肉塊となっていった。そして、黒銃剣を力なく下げた頃には、物を言うこともなくなった。

『暴食スキルの力をうまく扱えなかったようだね。肉塊となって喰われる側になったというわけかな。喰うかい？』

「やめてくれ。これで本当にさよならだ……ハド・ブレリック」

今度こそ、ハドとの関わりはなくなるだろう。この場所で永遠に眠ることになるハドをしばらく眺めていると、またしても聞き覚えのある声が俺の耳に届いた。

それは肉塊の後ろからだった。

紫色の髪……ハドとメミルと同じ色。ブレリック家の長男にして、王都の滅亡……スキル至上主義の崩壊を願った男――ラーファル・ブレリックがゆっくりと俺の前に現れた。

「やあ、奇遇じゃないか。このような場所にお前が来るなんてな」

「ラーファル……」

聖騎士の服を着ており、その姿は人間。シンの力によって、変質したアンデッド・アークデーモンではなかった。

ラーファルはハドの肉塊を蹴りながら、呆れた顔で言う。

「まったくハドは最後の最後まで……。お前に夢中で、お前のことを恋い焦がれるほどさ。人気者だな」

「お前はどうなんだ」

「俺が？　気持ち悪いことを言うな」

俺は警戒をしながら黒銃剣をラーファルに向けるが、

「戦い？　俺とお前が？　なぜ戦わないといけない？」

「それは俺がお前を殺したから……」

「違うな。俺はシンによってあの時既に乗っ取られて……死んでいた。それをお前が喰らっただけだ」

「……」

「どちらにせよ。戦いは決した。まあ、結果として俺はここに閉じ込められたままとなったわけだ。そのことに関しては……」

ラーファルはニヤリと笑ってくる。

それに合わせて黒銃剣を握る手を強める。しかし、やつに動きはなかった。

「楽しませてもらっているさ」

「は⁉」

「バカのような顔をしているぞ」

「うるせっ」

こんな地獄のような場所で楽しんでいるだって⁉　お前こそ、どうかしているんじゃないのか？

「ここは大昔に暴食スキルによって喰われた者たちの魂が集まった場所。そして、その者たちの得た知識もここにある」

「知識？」

「そうさ。俺は元々古代の研究が好きだったのさ。だが生まれた家の都合で無理やり聖騎士にさせられたわけだ」

だからか……ラーファルは聖騎士となったあとも古代の研究を裏で続けて、太古の地層に眠っていたシンを見つけてしまったようだ。

「ここでは俺の自由に生きられる。少々うるさいが」

亡者たちの雄叫びと、魂を焼くような暑さが少々⁉

「変わり者だな」

「お互い様だ。俺から見れば、お前は相当に変わっている。自分が何者なのかすら知らず」

「何を言っている？」

「これだ……呆れたな。そんなことだから、ロキシー・ハートすらものにできないでいる」

「なっ！」

「こんな奴に負けたのかと思うと……自分が情けなくなる」

「それとこれとは別の話だろっ！」

なんで、ここでロキシーの話が出てくるんだよ。

はっ⁉　まさか……こいつ。

「盗み見ていたのか⁉」

「やっとわかったのか。ある人のすすめで、面白いものが見られるというから、覗いているだけだ。毎回、笑い転げさせてもらっている。ここには娯楽がないからな」

「娯楽扱いするな」

ん？　今、ある人って言わなかったか？

俺が訝しむようにラーファルの顔を見ると、奴は遠くを向いて言う。

「彼は、俺の恩人さ。そして、お前に会いたがっている」

「誰だ？」

「すぐにわかる。そのために俺が来た。このままではお前はいつまで経っても、彼のもとへ辿り着けそうもないからな。彼の願いだ。たとえ、大嫌いなお前のことでも無下にはできない」

ラーファルは一方的に言って、亡者たちの中を歩き出した。

亡者たちは奴を気にする素振りはない。仲間だからか？

比べて後を追う俺には、しっかりと襲いかかってくる。

「遅いぞ、早くしろ」

「この状態を見ろ。目を背けるな！」

「うるさい。黙って付いて来い。置いていくぞ、このバカが」

「この……」

ちょっとは性格が丸くなったと思っていたが、前言撤回。

やっぱりラーファルはムカつく奴だ。

第19話　深淵の待ち人

群がる亡者たちを振り払い。時には斬り伏せる。

『切りがない』

「まったくさ」

『人気者は辛いね』

「……人気者か……それって」

エンヴィーの言葉をきっかけに、疑問が湧いてきた。

どうして、亡者たちは俺に集まってくるんだ？

先を行くラーファルには目すら向けないのに、亡者たちは俺しか見えていないかのようだった。

俺がまだ死んでいない存在――暴食スキルに食われていないから？

それとも、暴食スキル保持者だからか？

この世界から解放されようと俺に助けを求めているとでもいうのか……。

『どうしたんだい？　また考え事かい？』

「亡者たちのことを考えていた。お前はどう思う？」

『僕には知る由もないさ。君の方こそ、何か感じるものがあるのでは？』

「それは……」

エンヴィーは鼻で笑いながら、続ける。

『僕は君がここへ来ると同時に、暴食スキルに呑まれると思っていた』

「……」

『なぜなら、ここは暴食スキルの深淵。最も影響を受ける場所だからさ』

「たしかに俺もそう思っていた。だけど……」

今まで暴食スキルに抗って、苦しんできたはずだ。それなのに、遠くにいるよりも近づいていた方が……。

『君はとても安定しているように見える』

「考えたくはないけど、エンヴィーの言う通りかもしれない」

『もしかして、君は暴食スキルの制御に成功していたのかい？』

「そんなわけない。俺の偽者が上の世界で襲ってきただろ」

あの偽フェイトは、暴食スキルの化身のような存在だろう。まさか……あれを退けたから、ここの場所に来ても自我を保っていられるのか？

違うような気がする。偽フェイトは倒したわけではない。どこかへ逃げてしまったのだ。あの状況で、今と結びつけるのは安易な気がする。

「それにあの戦いはまだ決着が付いていないんだ」

『推測を重ねたところで、僕たちには情報が足らな過ぎる。それに現状すらも把握できていないときた』

「大人しく、ラーファルに付いていくしかないか」

『亡者たちは道を譲るつもりはなさそうだ。やっぱり、君は人気者だね』

「代わってもらえるのなら、代わってもらいたいな」

『ごめんだね』

こんな人気者はまっぴらごめんだ。

そう思いつつ、一体の亡者を斬り付けた。

「えっ!?」

なんだ……これは！

稲妻のように頭の中を、他人の記憶が駆け抜けていった。

碌な物ではない。人を殺め続けて、最後は暴食スキル保持者に喰われた男の記憶。

その男は、俺が初めて殺した相手。王都のお城へ忍び込んだ賊だった。

嫌悪感しかない記憶だ。だが、自分の中に勝手に居座ってしまう。

「嫌な気分だ」

『どうしたんだい？』

「何でもない」

必ずという現象ではなかった。しかし、時折それは起こった。

自分の知らない者たちの記憶すらも流れ込んでくる。これはおそらく、暴食スキルの前任者であるケイロスが喰らった者たちだろう。

流れ込んでは俺の中に居続ける。そして俺の一部になろうとする。

『どうも様子がおかしい。これ以上は先に進まないほうがいい』

「それはできない」

ラーファルは俺よりもずっと先に進んでいる。このままでは置いていかれるだろう。

「あいつは待つつもりはない。それにこの先にいかないといけない気がするんだ」

『……君は変わらないね』

走り出す俺の目の前に、亡者たちを撥ね除けて魔物が現れた。これは……劣化はしているが古の魔物だ。

帝都へ辿り着く前に、たくさん倒した中の1匹だろう。

上半身が人間の姿をしており、下半身は蛇のように見える。影のように真っ黒になってしまっているが、ラミアと呼ばれる魔物だった。

『これは大物だ』

喰らったのは人間よりも魔物の方が多いはずだ。ケイロスがどうだったのかは知らないけど、少なくとも俺は魔物の比率が圧倒的に多い。

「目の錯覚か？」

俺は目の前にいる魔物の様子に目を疑う。なぜなら、魔物は亡者たちがふくれあがり、その姿を形成しているように見えたからだ。

どういうことだ？

亡者は暴食スキルが喰らった人間のはずだ。だが――

「どうやら錯覚じゃないらしいな」

亡者たちが次々と形を変えていく。どれも見覚えのある魔物の姿をしている。そして、すべてが黒く塗りつぶされていた。

「亡者は魔物でもあるのか⁉」

『君は何も知らないようだね。それとも、目を背けていたのかな』

エンヴィーが言いたいことはわかる。

暴食スキルが発動するのは、人間を殺したとき、または魔物を殺したときだけだ。

その他には発動しないのだ。例えば、動物には全く反応しない。

『スキル、ステータスを持っているのは、人間と魔物だけだ。それはなぜかを考えたことはあるかい』

「神から与えられた力だろ」

『そうさ。ならなぜ、魔物にも与える必要があったのか？』

「どうせ、お得意の大いなる試練だろ」

与えられたステータスを育てるために、スキルを用いて魔物を倒して、経験値(スフィア)を得てレベルアップする。

『それは答えになっていないよ。魔物を倒せば、経験値(スフィア)が得られる。人間を殺しても同じくね。なぜでしょうか？』

今も目の前の亡者たち――人の形をしたそれは、魔物へと変わっていく。それが意味するのは……。

「魔物は人間だったとでも言いたいのか？」

『ご明察』

わざとらしく俺を褒めてくるエンヴィー。たまらずに吐き捨てるように俺は言う。

「あれが人間⁉」

『根っこの部分はそうさ。君も見てきたはずだ。Eの領域による崩壊現象。力に心の均衡が保たれなければ、身体にも影響が発生する。それはスキルも同じだったのさ』

「そんなことは聞いたことも見たこともないぞ」

『当たり前さ。今いる人間たちは選別された者たちだからね。スキルとうまく適合できなかった者は魔物落ちしたのさ。そして、何千年という時が流れて、別の種と見えるほどになってしまった』

生まれ持った心の強度によって得られるスキルが違うという。つまり持たざる者たちが、弱いスキルを持っているのは理由があり、運ではないようだ。

もし身の丈に合わないスキルを持ってしまえば、たちまちに魔物化してしまう。それが今、俺の目の前にいる者たちだとエンヴィーは言うのだ。

『グリードも人が悪いな。本当のことは教えていなかったなんてね』

彼は口が悪いけど、そういうことには気を使ってくれる。俺のことを思って、真実を伏せてくれていたのだろう。

「あいつらしいよ」

『どうする？　罪悪感で戦えないかい？』

「いや、昔から疑問だったことが晴れてよかった」

ずっと不自然だったんだ。

魔物がなぜ人間を目の敵にして襲うのか。そして、食べるのか。

恨んでいたのかもしれない。

その因子を残しながら、人間との生存競争を行ってきたのだろう。

襲い来る魔物は、亡者とは違っていた。いくら斬り伏せても、記憶が流れ込んで来ないのだ。

「魔物という別の種だ。魂の段階で、人間と違っている」

『君がそう言うのなら、本当なのだろうさ』

エンヴィーはどこか寂しげだった。過去に何かがあったのかもしれない。聞いても、教えてはくれないだろう。

俺はラーファルを追いかけながら、一心不乱に魔物たちを倒していく。

横たわる魔物は数を増していき、足元は山のように膨れ上がる。だが、しばらくすると黒い液体になって地面に染み込んでいった。

どれほど時間が経ったのだろうか。歩いてきた道を振り返れば、黒い線が彼方まで続いた。

魔物はいなくなり、亡者の姿も見当たらない。

燃えるように真っ赤な世界で、ラーファルと俺だけ。喧騒に満ちていたのに、今は静まり返っている。

先を行くラーファルは、突然に背を向けたまま立ち止まった。

「ここが、暴食スキルの中心だ」

「ラーファル……」

「時間だ。お前には、一つだけ礼を言っておく。メミルの件は感謝している」

ラーファルは一方的に言って、振り返った。

「……お前が次に父親と対峙したとき、どうするのか……見物だ」

「どういうことだ？」

俺の問いかけにラーファルが答えることはなかった。

もう、その姿は彼でない。

人を惑わしそうな紫色の瞳。健康そうな褐色の肌に、唇の隙間から覗く白い歯が映える。

そして、もっとも印象的な燃えるような赤い髪をなびかせて、俺に明るく笑ってみせた。

「やあ、フェイト。久しぶり。こんな場所で会えるとは奇遇だな。いや、待っていた」

手には黒剣グリードが握られていた。

第20話　黒剣士ケイロス

灼熱の地獄のような世界は静まり返っていた。亡者たちは遠くの方で息を潜めて、俺たちに近づく様子はない。

「ケイロスさん」

「俺たちの仲だ。さん付けはいらない。それよりも」

ケイロスは黒剣の先を俺に向ける。

「手放すなと言ったはずだが？」

「それは……」

彼はグリードのことで、少しだけ怒っているように見えた。当たり前の話だ。俺はケイロスから黒剣グリードを託されたはずなのに……。

それを守ることができなかった。

「まったく、手がかかるな。お前たちは」

呆れた顔をした後、ケイロスはゆっくりと黒剣を構えた。

「二回目だ。今回は簡単には渡せないな。欲しかったら、俺から奪ってみろ」

「戦えってことですか？」

彼はにっこりと笑った。しかし、その瞳は俺をまっすぐに見据えており、本気だ。

「この世界の流儀だ。お前が一番わかっているはずだ」

「どうしても……ですか？」

「この世界に暴食スキル保持者は、二人もいらない。ならば、どちらが本物なのか、雌雄を決しないとな」

話しながらケイロスは俺に向かって飛び込んできた。大きく振り上げた黒剣が、青い残影を描く。

「グリードもそれを望んでいる」

甲高い金属音が響き渡る。それは波紋のように、真っ赤な世界に広がっていった。

なんとか……黒銃剣で受け止めたが、ケイロスの言葉に集中できない。

「グリードも？」

「そうだ。暴食スキルと同じように、黒剣の使い手も二人はいらない」

「はっきりするべきだと」

「どっちつかずな中途半端が一番良くないってことだ」

ぶつかり合う黒剣と黒銃剣。火花を散らしながら、拮抗していたが、次第に黒剣が力を増してくる。

これは……ケイロスが言うように、グリードも……。

そのまま黒銃剣を押し払い、ケイロスは声を荒らげる。

「俺とグリードは本気でいく。さあ、超えてみろ！」

笑顔はとっくに消えていた。代わりに体を貫くほどの殺気が放たれている。

彼の言う本気――それはこの戦いでの敗北が死を意味しているということだ。精神体での死……それは存在の消滅。それほどまでのことを覚悟して、彼は俺に剣を向けている。

ケイロスの目を見て、そう感じざるを得なかった。

「やるじゃないか。いいぞ、フェイト」

自然と体が動いていた。黒銃剣が襲い来る黒剣を弾き返す。

今まで戦ってきた経験が体に染み付いており、精神体になっても活かされているんだ。

それに、この世界でルナやグリードに鍛錬されたことも、俺の力になっている。

「良い目だ。大罪スキル保持者らしい、真っ赤な目だ。より赤く輝く」

「ケイロス！」

振るう黒銃剣、それを為す身のこなしが軽くなっていく。不思議な感覚だ。これほどおどろおどろしい世界なのにどうでもよくなり、意識は戦いのみを望んでいるかのようだ。そして段々と、自分がこの世界に同化していくような……。だからか、この世界で起ころうとしていることを――ケイロスの攻撃がなぜか先読みできてしまうのだ。目でも追えないほどの連撃を、苦もなく受け流せてしまう。

「馴染んできているな。やはり、俺とは違うようだ」

「それはどういうことですか？」

再び鍔迫り合いをしながら、互いの力をこれでもかというほどぶつけ合う。

「お前は本当の自分を……知らなすぎる」

「本当の自分？」

「ここへ落ちたのに、自我を保っていられる」

「それは、あなただって」

剣戟を躱し、躱されながら、戦いは平行線。黒銃剣から放たれている無数の斬撃も、ケイロスとっては容易い攻撃のようだ。

まだ、彼は黒剣の姿のみで戦っている。形状を変化させるまでもないというのか。

「わかっていないようだ。俺やラーファルが、このような場所で自分のままでいられる理由は、フェイト……お前のおかげなのさ」

「そんなことは」

「グリードから聞いているだろ。俺は暴食スキルに呑み込まれてしまった。それが何を意味するのか、お前が一番よくわかっているはずだ」

「俺が……」

「ラーファルも似たようなものだ。崩壊現象で自我を失ったはずだ。しかし、喰われた先で元の自分に戻れている。そんなことは自力ではできない。ならば、誰がやった？」

喰らった暴食スキルだ。

俺ではないはずだ。それなのに、なぜケイロスは俺だと言う？

「この世界を作り出している暴食スキルか？　違うな。これとは別の力が影響している」

息を呑む俺にケイロスは続ける。

「お前だ。フェイト。お前しかいない。そう願ったから、俺たちは、独立した存在として自我を取り戻せた」

そうなのか？　ラーファルは崩壊現象で人成らざる者となった。倒す……喰らう際に、俺がこれから為すことを見届けてくれと思った。

なら、ケイロスはどうだ？

過去に囚われているマインを救うために、助力がほしいと願ったから、暴食スキルの中で眠っていたケイロスを呼び起こしてしまったのか？

彼にそう言われてしまえば、たしかに心当たりがあった。

「しかし、いろいろと限界が来ている。お前も俺もな。仮初めで元に戻ろうと、いずれは……」

「あなたは何を？」

「俺を使って、自分を知れ。本当のお前をな」

ケイロスはニヤリと笑って、俺を弾き飛ばす。

「なっ……」

彼の姿に異変が起こった。崩壊現象に似たような――人から魔物化したような――頭から鋭い角が伸びていく。その二本は蛇のようにとぐろを巻き、先を俺へ向けて威嚇する。

「フェイト、これがお前の恐れていたものだ。暴食スキルに喰われて……自我を失い……ただ喰らうことしかできない破滅の……ソン……ザ……イ……」

「ケイロスっ！」

近づこうとする俺を、エンヴィーが止めた。

『やめておけ。ああなってしまったら、倒すしかない。それとも君にはケイロスが言ったように、元の姿に戻せる力があるのかい？』

「それは……」

なかった。ケイロスは俺を買いかぶり過ぎている。

それができるということは、暴食スキルを掌握できることに等しい。この場所へ落ちることもなかったはずだ。

俺は昔から、このスキルに振り回されている。今だってそうだ。

そのはずなのに……ケイロスは違うと言う。彼は自分を使って、本当の俺を知れと言うが、【本当】ってなんだ？

俺はディーン・グラファイトの息子で、聖獣人と人間の間に生まれた存在だったはず。

そして、数多あるスキルの中から暴食という禍々しい大罪スキルを得てしまった。

俺の知らない暴食スキルとの関係性？　偶然に得たようなものにこれ以上に何があるというんだ。

『来るよ。構えるんだ、フェイト』

「くっ」

ゆっくりと思考している暇はない。変身を終えたケイロスが黒剣を振り回しながら接近してくる。その姿は、魔人とでも言うべきか。強大な魔力が集約して人の形を成しているように見えた。

あれを生き物と言い表していいものかとさえ思えてくる。

「今なら思えるよ。天竜と戦ったとき……ああならなくて本当に良かったって」

『たしかに』

「他人ごとみたいに言うな！　あのときお前がほぼ原因だったんだぞ」

『あははっ』

笑って誤魔化すな！　元の世界に戻ったら、エリスにしっかりと言い聞かせてもらおう。

でも、武器としては頼りになる。

魔人ケイロスが視界から消えた次の瞬間、黒剣が俺の首元に迫っていた。

それを認識するよりも早く、黒銃剣が防ぐ。

火花を散らしながら、二本の剣は距離をとった。

『大分この世界に慣れてきた。君の右手を少しだけ借りたよ』

「エンヴィー……お前」

『僕は使用者の体を操るのが得意なんだ。知っているだろ。ついでに言うと精神を乗っ取るのも大得意だよ』

「いらない情報をありがとう。戦いに協力してくれるのはありがたいが、精神世界で精神を乗っ取るのはやめてくれ。そんなことをされたら、おそらく……」

『死ぬね』

「このぉ……こんなときに」

『冗談だよ。君一人では荷が重い相手だ。嫌々だけど共闘してあげるよ。感謝したまえ』

目に追えない攻撃が襲い来る。それをエンヴィーが俺の体を操って反応してくれる。

まだ、防御に手一杯で反撃に踏み込めない。魔人ケイロスの攻撃精度が高過ぎるのだ。

無造作な攻撃ではない。

一撃一撃が即死級だ。あれで自我を失っているのかと疑いたくなる。

剣戟が通用しないとわかると魔人ケイロスは、黒剣を変化させ始めた。

「そこまで使えるのか⁉」

『これは……まずいね』

黒弓だ。それも奥義を放とうとしている。

「させるかっ」

俺もすぐさま、黒銃剣を魔人ケイロスへ向けて、引き金を引く。

それと同時に、植物のように成長して禍々しい姿となった黒弓から、黒い稲妻が解き放たれた。

ぶつかり合う、カタストロフィレインとブラッディターミガン。

いくつもの赤い銃弾が、枝分かれした黒い稲妻と当たっては対消滅していく。そのたびに、自分の中に得体の知れない……何かが流れ込んでくるのを感じた。

このまま、魔人となってしまったケイロスと戦い続けていいのか？　その先にあるものは、いつだって一つしかないことを俺たちは知っている。

負けたほうが喰われるということ。

だって、俺たちは暴食スキルの使い手だから、その本質からは逃れられない。

第21話　本当の自分

暴食スキルの世界。

ここは、ルナが守っていてくれた白い空間とは違って、俺の精神を蝕むような圧迫感があった。それも初めだけで、慣れというものなのだろうか。

見渡せば、マグマのように真っ赤に染まり、おどろおどろしいところなのに……心のどこかが少しずつ落ち着いて来ている感じがした。

思い違いならいいのだけど、俺はゆっくりとこの世界に馴染んで、一つになろうとしているのかも……。

『何をしている！　次が来るよ』

エンヴィーの声によって、その感覚から引き戻される。魔人ケイロスと戦っている最中だというのに。

「くそっ」

集中しきれない自分に苛立ちを覚えてしまう。

『様子がおかしいね。僕としては戦いに集中してほしいのだけど』

「わかっている」

魔人ケイロスと戦えば戦うほどに、意識がこの世界——暴食スキルに引っ張られる。俺が意識的にしていることではない。

無理やりそうなるように仕向けられていると言ったほうがいい。

エンヴィーが俺の体を操ってくれていなければ、とっくにやられている。

本来の調子が出せない俺にエンヴィーも苛立っているようだった。

『こんな場所で君と一緒にご臨終するのはごめんだね。早くエリスのところへ戻らないといけないからね』

エンヴィーは元の世界で大変なことになっていると言っていた。それは、倒した機天使たちや聖獣よりも危険な存在が原因らしい。聞くと俺が戦いに集中できなくなるというが、それは一体……どのような敵なのか？

魔人ケイロスから放たれたブラッディターミガンをなんとか迎撃する爆音の中、エンヴィーは静かに口を開く。

『君に殺されてしまう』

「なっ⁉」

そんなわけがない……はずはなかった。

意識が暴食スキルの世界、あっちの世界にある体はどうなっている？　ルナがいてくれたときは安全な真っ白な世界に守られていて、体は眠ったままだった。

今回は状況が全く違う。体はしっかりと起きていて、目覚めたままだ。

『帝都の機能が本起動したのは間違いない。防衛システムの稼働率は、上がっている。戦いは苛烈さを増している。だけど、それ以上に君という存在が皆の命を危険にさらしてしまっている』

「まさか……あっちの俺は……」

『暴走している。言ったはずさ。僕たちはこの場所にいることの方がまずいってね』

飢餓状態になって、誰彼構わずに魂を食らうだけの化物。

ずっと恐れてきた存在へ成り果ててしまっているようだ。

『君が聖獣を倒してから化物になってしまい。もう彼の地への扉どころじゃなくなってね。おまけに帝都まで目覚めてしまう始末』

エリスのことを心配しているくせに、エンヴィーは面白そうに言ってみせる。

それとは裏腹に魔人ケイロスの攻撃は激しさを増し、楽しんでいるどころではない。

『エリスが化物の中に、君を感じてね。一縷の望みをかけて、ここへ僕を送ったわけさ』

「今、彼女は」

『……たった一人で戦っている』

エリスは支援系を得意としている。そんな彼女が、化物となった俺と対等な戦いができているとは思えない。

「ロキシーやマインは？」

『僕が知る限りでは、合流できていないね』

持ちこたえられているのか……エリス。

ライブラに操られているとはいえ、共闘した中で彼女から抗おうという心を感じ取れた。おそらく、今もなおそれらと戦っているはず。

加えて俺のことまで。

普段は歯に衣着せぬ物言いをするくせに、大事なことは誰にも言い出せずに抱えてしまう人だ。

「自分のことで一杯一杯なのに、俺のことまで」

テトラの街で彼女の力になると言ったのに、未だに頼ってばかりだな。

『君はどうするんだい？　進むのかい？　立ち止まるのかい？』

「決まっているだろ」

『そうでなくては、僕がここに来た意味がなくなってしまうからね』

飛んでくるブラッディターミガンを叩き斬る。魔人ケイロスは手を休めることなく、奥義を連射してくるが俺に引くという考えはない。

斬り伏せるたびに、得体の知れないものが俺に流れ込んできた。そのたびに自分の足りなかったもの――欠けていたものが噛み合い始めているのを感じた。

それに対してもう恐れはない。

力が増していく。この世界と、一つになるような感覚がより強くなっていく。

魔人ケイロスは、黒弓から黒籠手へと変化させる。

攻防一体の武器。黒籠手の指先から放たれる黒い糸は、両断不可の強度を有している。更に、数え切れないほどの分裂を繰り返す黒糸は、まるで使用者を守る盾のようにも見える。

俺も扱っているから、その強力さはよく理解していた。

下手に距離をとってしまうと、ひたすらに攻撃を受け続けてしまい、加えて次第に張り巡らされていく黒糸が蜘蛛の巣のように獲物を捕らえようとしてくる。

『フェイト！』

「いくぞ、エンヴィー！」

黒糸が増える前に、俺たちの逃げ場がなくなる前に、進むのみ。

黒籠手の使用者――魔人ケイロスの懐へ。

波打ちながら、接近してくる黒糸を、黒銃剣で弾く。その先にある幾重にも漂う黒糸へ向けて発砲。

大きく弾かれる黒糸たち。この攻防の中でも俺は力が増していくのを感じた。

後少しで魔人ケイロスのもとへいける。それは、向こう側もわかっている。

魔人ケイロスは耳を劈く（つんざ）ほどの咆哮を上げる。途端に黒糸が黄金色の輝きを放ち始めた。

『これは……非常に、まずいよ』

「それでも、いく」

引けない。ここで第五位階の奥義――ディメンションデストラクションを完全に展開されてしまえば、俺たちに為す術もない。

まだ、いけるはずだ。道はあるはずだ。

暴食スキルの世界を切り裂きながら、俺へ接近してくる黒糸たち。応戦するために黒銃剣から《カタストロフィレイン》を放つが、多勢に無勢。黒糸の方が圧倒的に多く、未だに増殖を繰り返していた。

【こっちだ】

俺の中から声が聞こえた。その声が指し示す方向に駆け込むと、魔人ケイロスへの道が現れた。

俺は一心不乱に走り出す。この道も次第に黒糸に侵食されつつあった。

【駆け抜けろ】

懐かしい声だ。聞かなくなってからそれほど時が経っていないはずなのに、ずっと前に感じてしまう。

その声に導かれるように俺の足は動き出す。

魔人ケイロスまで一気に駆け込む。この至近距離なら、黒糸はうまく扱えないはずだ。あまりにも強力過ぎる位階武器であるため、微細なコントロールが非常に難しい。

これほど近づいてしまえば、使用者自身も刻み込まれかねない。

再び声を上げた魔人ケイロスは奥義をキャンセルして黒籠手から、黒盾に変えてみせる。発動させようとした奥義を取りやめただと⁉

そんなことができるのか！　しかも続けて違う奥義へと繋げてみせた。やはりあの武器を扱う熟練度では俺よりも上のようだ。

第三位階の奥義——リフレクションフォートレス。黒盾で受けた相手の攻撃を何倍にもして跳ね返す。

それでもっ。俺は黒銃剣を下段に構える。

【叩き飛ばせ】

また声が聞こえた。俺はよく知っている。いつも偉そうにしているが、ここぞという時に頼れるやつ。

【今のお前ならできる……そうだろ、フェイト】

いつもそうだ。この言葉を聞くと、力がみなぎってくる。言われなくても……やってやるさ。

「うおおおおぉぉおおおぉぉぉっ」

魔人ケイロスを遮る黒盾に向けて、全力で斬撃を叩き込む。

たとえ、鉄壁の守りだったとしても、押し切ってやる。グリードの使い手は、俺だけだ。

ぶつかり合う反動は想像を絶するもので、衝撃波だけで俺の体のいたるところを切り刻むほどだ。俺の持てる全てをここに。

反射で跳ね返ってくる力を絡めて、黒盾へ更にぶつける。

「届いているぞ、お前の声が！　帰ってこい、グリード」

《リフレクションフォートレス》を押し込んで、弾き飛ばす。

俺たちを中心に地響きを起こしながら、暴食スキルの世界を大きく揺らした。
上空には、魔人ケイロスの手から離れた黒盾が高々と舞っていた。

第22話　グリードの帰還

グリードを失っても、魔人ケイロスは止まらなかった。

振り上げた手。その指の爪が鋭く伸びていき、俺を切り裂こうと迫ってくる。

『フェイト！　上だっ』

攻撃を躱しながら、エンヴィーの声で頭上を見る。

そこには黒盾だったはずのグリードが、黒鎌に形を変えていた。しかも、第二位階の奥義――デッドリーインフェルノを発動しつつあり、禍々しい姿へ移行している最中だった。

手放している状態でも、あのようなことができてしまうのか……。

また俺の知らない使い方だ。

それに、あの奥義はかすっただけで、即死する。父さんは易々（やすやす）と受け止めてみせたけど、俺にはまだ難しい。

『早く、とどめを刺すんだ』

「……ケイロス」

この期に及んで、俺の迷いが出てしまった。この場所で……この精神世界で、彼を倒してしまっていいのだろうか。

ケイロスにとって、取り返しがつかないことになってしまうかもしれない。

だとしても、デッドリーインフェルノは待ってはくれない。ひとりでに高速回転を始めながら、俺に向かってきていた。

『フェイト！』

急かしたようにエンヴィーは俺の名を呼ぶ。

空を切る音が間近に迫っている。俺は魔人ケイロスと向き合っていた。

「……ケイロスさん」

次の瞬間には黒銃剣が彼の心臓を貫いていた。僅かに遅れて、俺のすぐ後ろを紙一重で黒鎌が通り過ぎ、地面に深く食い込んだ。

魔人ケイロスの姿が、瓦解していく。俺を威嚇するような角も、鋭い眼光も、肉を引き裂かんばかりの爪も……上空へ吸い込まれるように崩れていった。

途端、脳裏に彼の記憶がフラッシュバックする。いや記憶ではない。自分が体感していたような感覚だ。

まるで、俺がケイロスだったかのようだ。だがそれはとても断片的で、不明瞭な部分が多い。以前にマインを過去から解放するために、体験したものよりも、はっきりしない——ふわふわとしていて、いろいろな部分が、もやで隠れていた。

それでも、実際にその場にいて感じ得たと思えてしまう。俺がケイロスになったとでもいうのか……。

「やっと……つながったな」

「ケイロス！　これは……」

魔人の姿から元の姿に彼は戻っていった。しかし、それは止まらずに、次は彼自身が崩れようとしていた。

砂のように形を失う彼に、俺は何もしてあげることはできない。

「悲しむことはない。俺は元から死んでいる。それに……」

ケイロスは力ない手で、俺の胸に指先を押し付けた。

「俺はいつでもここにいると言ったろ。それはこれからも変わることはない」

前にも言われたことだ。暴食スキルを通して、俺たちはつながっているということだと思っていた。

だが、ケイロスは静かに首を横に振る。

「お前は鈍感なやつだな。いや、だからこそか。そうでなければ、ここまで辿り着けなかった。グリードの手に負えないわけだ」

ケイロスは黒剣の姿に戻ったグリードを見ながら、力なく笑った。

「俺はまたお前の中へ戻る。その時に理解できるだろう」

「……ケイロスさん」

「さんはいらないって言ったろ。お前ってやつはこんな時まで……まったく……今度こそ、グリードを手放すなよ」

「はい」

「全部、お前に託すことになってすまない。でも、そうならなければ、お前は生まれて来られなかったわけだから……本当に……わからないものだな」

彼の言うことの全ては、今の俺には理解できない。しかし、それは直にわかると、ケイロスは言った。

ここまで――暴食スキルの世界にまで来て、嘘を言う理由はないだろう。

「じゃあな、フェイト」

「……また、会いましょう」

彼は少しだけ驚いた顔をして、消えていった。

「ケイロスさん……」

砂となった彼は光の粒子となって、俺の中へ吸い込まれていく。融合……というより、感覚では欠けていたものが、あるべき場所へ戻ってきたような……。

脳裏に電撃が走る。思わず、呼吸すら忘れてしまうほどの衝撃が俺の頭の中を駆け巡った。

「……そういうことだったんだ」

なんてことだろうか。そうか……そうか……。

あの偽フェイトが、俺をあれほどに憎んでいたことにも納得ができてしまう。そして、ケイロスが俺の中にいると言っていたこともわかってしまった。

そして、ラーファルに俺と戦う理由がなくなってしまったということすらも……。

全部……全部。

この世界で俺が自我を保っていられることだってそうだ。

……全部。

「俺は……俺は」

『そういうことだ。フェイト』

懐かしい声が俺を呼んだ。

少し離れた位置で地面に突き刺さっている黒剣グリードだ。

彼は人の姿へ形を変えて、俺に近づいてくる。

「待たせやがって」

「ごめん」

「まあ、いいさ。またあいつともゆっくり話ができたわけだし」

のんきに欠伸をしてみせるグリードの横腹に肘鉄を食らわしてやる。

「お前な……なんで、あの時にあんな無茶をしてんだよっ！」

「ああするしか、方法がなかったからだ。でもこうして戻って来られたわけだ」

「このっ！」

もう一度肘鉄を当ててやると、当たり所が悪かったようで、グリードは地面をのたうち回っていた。

「なんてことをする！　これが大事な相棒にすることかっ！」

「よく言う！」

どう考えてもグリードと感動的な再会は浮かんでこない。

まあ、それが俺たちらしくていいとも思える。

『仲良しはいいけど、そろそろ僕は元の世界に帰りたいんだけど？』

エンヴィーが呆れた声で俺たちに言う。

彼はエリスのことが心配なのだろう。あっちの世界では暴走した俺が大暴れしていた。それによってエリスが窮地に陥っていた。

しかし、もう暴走は止めているはずだ。なぜなら目を瞑れば、外の世界を見ることができるからだ。そこから覗ける情報から、俺は動きを止めて佇んでいるようだった。

静まったといえども、無防備であることには変わらない。急いで戻ったほうがいいだろう。

そう考える俺にグリードは声をかける。

「戻れるか？　手伝ってやろうか？」

「いや自分で帰れるよ。道はもうわかるから」

「そうか……なら、俺様も」

グリードは手を差し伸べてきた。ああ、懐かしいな。

こうやって、戻ったこともあった。

俺たちが生きているって感じていられる世界に。

「一緒に帰ろう」

俺はグリードの手を握り返した。

現実の世界で俺は、父さんに聞きたいことがたくさんあるんだ。父さんと呼んでもいいのか……という迷いもあるけど、聞かずにはいられない。

本当の自分。心に余裕がなかった以前なら、受け止めきれなかったかもしれない。それでも、知ってしまった今、どこか落ち着いていられる。

そういう力をくれた仲間の繋がりや優しさに感謝したいと思う。

現実の世界へ導かれるように光が俺たちに降り注ぐ。

その光と体が馴染み、同化していく。そして次第に形を失い、真っ赤に世界から天へと向かって浮かび始めた。

その足元では静まっていた亡者たちが俺たちの後を追おうと群がってくる。遠ざかる呻き声を聞きながら、しばらく眺めていた。

あれもまた俺の一部なのだ。決して忘れてはいけない。これから、暴食スキルで命を喰らうごとに思い返すだろう。

ここは俺という魂の故郷なのだ。

帰るべき方向を見据える。血のように真っ赤な過去の世界ではなく、青く明るい未来ある世界へ。

俺はそんな世界に希望を抱いて……。母さんを代償として生まれてきた存在なのだから……。

第23話 エリス解放

黒剣がエリスの喉元に当たる寸前で止まっていた。

あのエンヴィーが焦っていた理由はこれだった。本当にギリギリだったのだ。

視界には力なく横たわる彼女。そして、俺自身に生えていたであろう角が崩れ落ちて、残骸となっていた。

おそらく、ケイロスのように俺もまた魔人化していたのだろう。圧倒的な魔力を体に纏って化物となり暴れていた。しかも黒剣を振りかざしてエリスを襲ってしまった。

精神世界で対峙した魔人ケイロスは、現実の世界での俺の映し鏡だったのかもしれない。

黒剣を鏡のようにして自分の姿を見る。両目は未だに忌避するくらい真っ赤に染まっていた。

「エリス」

返事はない。空を見上げると、無数の真っ黒なキューブが漂っていた。あれが新たな帝都の防衛システムだろうか。

襲ってくる様子はなかった。

これ幸いとばかりに、エリスを抱き上げる。身を隠せる場所へ移動したほうがいいだろう。

ロキシーとマインの気配はまだ感じられない。彼女たちが遅れてくるとは考えられないので、辿り着けない何らかの障害が発生しているのかもしれない。

「父さん……」

キューブは幾何学模様を描き始めていた。

それは魔法陣のようにも見えた。

「どこか、いいところは」

『フェイト、あの建物はどうだ？』

大半の建物は倒壊していた。機天使や聖獣との戦い……そして、魔人化した俺によって、叡智（えいち）を極めたような建造物たちは見るも無残な姿になっていた。

グリードはその中で、半壊程度に免れたものを見つけた。表面の外壁が大きく割れており、そこから中へ入れそうだ。

エリスをかかえ直す。彼女の手にはしっかりと黒銃剣エンヴィーが握られていて、気を失っても離すことはなかった。

『健気だな』

「どういうことだ？」

『お前ってやつは……。つまりな、あの精神世界にエンヴィーを送るために、エリスが助力していたわけだ。手から離してしまえば、お前は戦うための武器を失ってしまう。そして、魔人化したお前と戦い続けることで、その繋がりを切れないようにしていたわけだ』

俺が帰ってくると信じて、俺という化物と戦ってくれていたのか。支援系で戦闘が得意とはいえないのに……。

「エリス……ごめん」

濃いめの服の色で気が付かなった。それは自身の血によって、ゆっくりと色をより濃くしていた。服の下はかなりの出血をしているのかもしれない。

『急ぐぞ』

「わかっている」

建物の中へ滑り込むと、エリスを寝かせる。すぐにグリードを黒杖の形へ変える。

『言っておくが、いいんだな』

「構わない」

『なら、頂くぞ。お前のステータスを！』

第四位階の奥義――トワイライトヒーリング。この奥義は大量のステータスを必要としている。回復魔法が存在しないこの世界では、理を破る禁忌の力のためだろう。

傷はやはり深く、今あるステータスの80％を消費する必要があった。ステータスの大半を失うことはリスクがある。

これから父さんに会わなければいけないから……。それでも、使わないという選択肢はあるわけがなかった。

抜けていく力と同期するように、黒杖が禍々しい姿へ変貌していった。通常は焼き尽くす破壊の炎。しかし奥義は逆だ。死者蘇生以外の全てのものを癒やす炎。

俺はその白き炎をエリスへ向けて解き放った。

炎は彼女を包み込む。そして、服の下にあるだろう無数の傷を瞬く間に燃やし癒やしていく。

そして、もう一つ。彼女の呪縛も燃え上がる。

『そうだな。このためでもあったな』

「ああ、この奥義がエリスを解放する鍵だったんだ」

精神世界でケイロスが俺の中へ消える時に見た経験のような記憶。その中にトワイライトヒーリングによって、エリスの忌まわしき首輪を焼き払う光景があった。

ケイロスはいつだってお節介な人だ。最後にちゃんとエリスを救うための答えを俺に残してくれた。

白き炎が静まった時には、ライブラの呪縛は消え去っていた。

エリスの顔はいつもの血色を取り戻している。もう大丈夫だろう。安堵する俺に、ゆっくりと目を覚ましたエリスが言う。

「ボクのために、奥義を使ったんだね。また、大事な時に使わせちゃった」

「そんなことはない」

エリスはじっと俺を見ていた。俺も同じだ。

「だって、今がその大事な時なんだからさ」

「……フェイト」

「それに、ほらテトラで約束しただろ。守るって。でも後手後手になって、迷惑もたくさんかけて……ごめんな」

「たしかにね。本当に大変だったんだから！　魔人化はもう駄目だよ」

どうやら、ライブラに強制されていた時の記憶もあるようだ。やはり、あの人形となった状態でもエリスの心はしっかりとあり続けていた。プンプンと怒ってみせるエリス。だが口元は笑っていた。

「ボクも迷惑をたくさんかけてしまったから、お互い様だね」

「そう言ってもらえると助かる」

「あとね。ちょっと手を出してもらえるかな」

「ん？　こうか？」

「そうそう。そのままそのまま」

エリスは上機嫌だ。手を出したくらいで、喜んでもらえるのならお安い御用だが……なぜだろう解せない。

彼女は俺の手首を掴むと、自分の首元へ。

「まさか、ライブラに二度も従属化されちゃうなんて……失態過ぎるよね。そうならないために、今まで色々と研究してきたのに……。フェイトが悪いんだよ。全然チャンスをくれないから」

「どういうことだ？」

「でもいいよね。今なら、ロキシーもマインもいないし。これぞ、災い転じて福となすってね」

「いいことがあるのか？」

「ああ、それはボクのことだから、気にしなくてもいいよ」

エリスは俺を無視して、何やらつぶやき始めた。聞いたことがない言語だ。

そして、彼女の首元によく知っている紋様が浮かび上がる。

「おいっ、これって……もしかして⁉」

「従属の首輪だね」

「なんで⁉」

「それはライブラにまたかけられないようにだよ。これって上書きはできない仕様なんだ」

「いやいやいや！　それってつまり」

慌てる俺に、エリスはにっこりと笑みを振りまいた。

「これで晴れて、ボクはフェイトの所有となったわけ」

「はっ」

「もう仕方ないよね。契約してしまったから、ボクはこれからずっとフェイトと一緒に生きないといけなくなってしまいました。困っちゃうな」

エリスは俺に抱きつきながら、これで切っても切れない関係になってしまったと言う。

よしっ、もう一度トワイライトヒーリングを！　といきたいところだが、これ以上のステータスダウンはまずい。それに、エリスがまたライブラの手に落ちるのも困る。

結局は、このままにしておくしかなかった。

ロキシーにどう説明すればいいのだろうか。戦場の真っ只中だというのに、違う意味で頭が痛い！

「フェイト、ボクに絶対服従の命令ができるよ。どうする？　あんなことや、こんなことができるよ」

エリスはやたらとセクシーなポーズをきめてみせる。

もう一度言おう。ここは戦場ですよ。

「まったく……なら命令する」

「ドキドキ」

「もう命をかけるような無茶をしないでくれよ」

「……ガーン」

「おいっ！」

なんで、わざとらしくショックを受けているんだよ。

エリスはこういう人だ。飄々としているくせに、平気で無茶をしてしまう。彼女にはこれくらいの命令が丁度いい。

携えられたエンヴィーも、俺と同じことを思っているように見えた。

「さてと」

騒がしく、賑(にぎ)やかな場所から、あまりにも静まり返った外を眺める。建物の隙間から見える上空には、未だにキューブたちが不気味に浮かんでいた。

しかし、様相が先程までとは違う。黒い面から放電のような光を放っており、各キューブがつながりを持って動き出す。今まさに彼の地への扉が完全に開こうとしている……そんな予感がした。

第24話　非破壊属性

空中に漂う無数のブラックキューブ。

全てが規則的に目的を持って動いているように見える。

このまま成り行きを見守るわけにはいかない。俺はグリードを黒弓に変えた。

「エリスも」

ここは遠距離攻撃ができる黒銃剣の力も借りたい。

だが、彼女の反応は珍しく芳しくなかった。

「この子は支援系だから……あれをどうにかできそうにないかな」

彼女は俺に魔弾を打ち込んで、能力上昇をしてくれる。そして、苦笑いしてみせる。

俺はそんなエリスを見かねて、

「こっちに来て」

自分の側に呼んだ。そして、黒銃剣エンヴィーを持つ彼女の手に俺の手を重ねた。

精神世界で得たあの姿をイメージする。

「えっ……フェイト？」

「もう少し」

彼女は黙って、姿が変わっていく黒銃剣を見つめていた。

「アサルトモードってことで。お節介だったかな」

「そんなことない。いい感じっ」

大振りの黒銃剣へと変貌したそれを軽々と担いで、エリスは決めポーズをしてみせる。

それと同時に、俺に向けてどこか納得したような顔をしていた。

「首輪の解除や、エンヴィーを変えた力……これで確信したよ。君はやっと目覚めたんだね。本当の自分に」

暴食スキルの深淵に潜って、ケイロスと戦ったことで俺は自分自身を改めて見直せた。やっと、このスキルを受け入れることができた。

「エリスは知っていたのか？」

「もちろんさ。言っただろ。君をずっと見ていたって」

「そっか……マインもか？」

彼女もエリスと同じように、俺のことを知っていたから接触してきたのだろうか？

なんだか、彼女たちの手の上でずっと踊らされていた気分だ。

俺が拗ねていると、エリスは笑いながら言う。

「まさか、マインはわかっていないよ。君を自分と同じ大罪スキル保持者だということくらいしかわかっていない」

「えっ？　そうなの？」

「わかるだろ。マインだよ」

その言葉で納得してしまった。一緒に旅をして、彼女が深く物事を考えていたことはなかった。唯一あったのは、失った仲間たちのことだけだ。

「まあ、マインは本来の俺がどうだったか、なんて気にしないだろうし」

「たしかにね」

マインの顔を思い浮かべる。思わず、エリスと一緒に笑ってしまった。

「マイン……それにロキシーもまだここへ辿り着けないみたいだね」

「大丈夫さ。あの二人が負ける姿を想像できない。だから、俺たちは今できることを」

「やるべきだね！」

俺は黒弓、エリスは黒銃剣を構える。

狙うは、ブラックキューブ。

互いに魔力を高めて、同時に魔矢と魔弾を放った。

二つの攻撃が、空中で混ざり合って力を増し、ブラックキューブたちとぶつかった。

「硬い！」

ブラックキューブは無傷だった。地面に落ちることもなく、宙に浮いている。

それを見たエリスは俺と同じことを思ったようだ。

「あの色と形……まさかと思ったけど」

「俺たちの大罪武器と同じ素材でできている」

薄々は感じていたことだ。しかし、空を覆い尽くすほどの数。

それが、大罪武器と同じで破壊不能だと考えたくなかったのかもしれない。

『大見得を切っておいて、手詰まりか？』

グリードが見かねて声をかけてきた。

破壊できないなら、マインがいつもやっているあれで行くしかない。

俺は黒弓をブラックキューブに向ける。

「壊せないなら、彼方へ飛ばしてしまえばいい」

「ああ……これはマインの影響だね」

エリスが呆れながら額に手を当てていた。

わかっているね。その通り。

ステータスは暴走している時に、かなりの敵を喰らったようで余りある。まずはその10%を消費して、奥義であるブラッディターミガンだ。

『俺様のサポートはいるか？』

「久しぶりに頼むよ」

『そうこなくては』

その様子をエリスがニコニコしながら見守っていた。期待に応えるためにも、あのブラックキューブの動きを止めてやる。

黒弓が俺のステータスを贄に成長していく。力が抜けていくのを感じながら、禍々しい姿へ変貌する黒弓を見ていた。

やっぱり、グリードがいてくれないとな。一人で奥義を使うよりも、体の負担が少ないことに気が付く。口の悪いやつだけど、ああ見えて俺にいつも気を使ってくれていたようだ。

『準備はできたぞ。どうした、フェイト？』

「いや……やってやるぞ」

『なら、構えろ。狙え』

渦巻くブラックキューブの中心。

そこへ魔矢の先を向けて、更に魔力を加える。炎弾魔法を暴食スキルによって変異させ、豪炎魔法へ。

ブラッディターミガンは赤く燃え上がり、輝きを増していく。黄金色の炎となり、周囲が溶けそうなくらいの熱量を放ち始めた。

「あちちちっ！　フェイト、早く撃ってよ」

エリスが飛び退いて、俺に抗議をしてきた。それでも、じっくりと狙いをすませる。

ブラックキューブの動きを予測しながら、放つ。

「いけぇぇぇぇぇっ！」

空を貫かんばかりの勢いで、炎を撒き散らしながら一直線に標的をめがけて飛んでいく。

ブラックキューブは破壊できない。それでも、あの魔法陣のような動きを妨害したら、今行われようとしていることを止められるはずだ。

『フェイトっ!!』

「ああ……わかっていたさ」

グリードが驚きの声で俺の名を呼ぶ。エリスも目の前で起こった現象に同じ様子だ。

あれだけの熱量を持ったものが、炎もろとも氷漬けにされているなんて……驚かないほうがおかしいくらいだ。

それを可能とした者がいる。

……父さん。ディーン・グラファイトだ。

彼はブラックキューブを足場にして、俺たちを見下ろしていた。

手には、黒槍ヴァニティーが携わる。あれが俺の放ったブラッディターミガンを炎ごと凍らせた。

俺たちに誇示するように、今もなお槍先からは霜が舞っている。戦うことを選ぶなら、容赦はしないとでも言っているかのようだ。

「父さんっ!!」

俺はこれ以上ないというくらいに、大声で呼ぶ。父さんは表情一つ変えることなく、槍先を俺へと向けて、

「来るなと言ったはずだが」

顔にうっすらと赤い紋様が浮かび上がってくる。

聖刻だ。あれは神からの天啓だという。聖獣人の力の源であり、同時に絶対遵守の契約を神と結んでいる。それは本人の意思でどうにかできるものではないと聞く。

父さんは一体……どのような契約を結んでいるのだろうか。

その息子である俺には天啓はない。血の半分が人間だからか？

いや、もうその答えはケイロスとの戦いによって……知っている。

おそらく、俺の予想は合っているだろう。答え合わせをしないといけない。

「止めに来たんだ。引けるわけない。……それに聞きたいことがある」

父さんは俺の目をじっと見ていた。そして、少しだけ空に顔を向けた。

「世の中には知らないほうがいいこともある。幸せでいられる。お前が聞こうとしているものは、その類だ」

「それでも」

何かを呟いて、再び黒槍を俺へと向ける。

「聞き分けの悪い子には、お仕置きだ。止めたいのなら、知りたいのなら、やることはわかっているな。どちらにせよ、俺はこれのせいで、止まらない」

聖刻はより赤く染まる。俺たちを障害として認識したようだった。

それに合わせて父さんの力が高まっていくのを感じる。あまりのプレッシャーに、重力が何倍にもなっているような感覚を受けてしまう。

黒弓を強く握りながら、エリスにお願いをする。

「ブラックキューブを頼めるか？」

「君はどうするんだい？」

「俺は父さんと戦う」

彼女は俺の肩に手を置いて、無理やり振り向かせた。

「一人より二人の方がいい」

「ごめん。これは俺たち親子の問題なんだ。だから……」

今回だけは譲れない。そんな俺を見かねたのか、エリスが抱き寄せてきた。

「いいよ。フェイトの好きにしたら。ボクは嬉しいんだよ」

「えっ」

意外な言葉に俺は声を出してしまった。

「君はいつも誰かのためばかりだったからね。いつか自分のために、戦えるようになって欲しかった」

「……エリス」

「言ったはずだよ。ボクはずっと君を見ていたんだ。ブラックキューブはボクに任せて。この力も貰ったから」

俺から離れたエリスはアサルトモードの黒銃剣を俺に見せてくる。

そして頷いて、俺を見送ってくれた。

崩れつつある建物を駆け上がりながら、父さんを目指す。そんな俺にグリードが呆れた声で言ってくる。

『世界の命運を懸けた親子喧嘩とは……馬鹿げた話だな』

後方からはエリスの銃撃が、ブラックキューブへ放たれ始める。

当たるたびに、描く魔法陣の流れが一時的に阻害されていた。時間稼ぎは、うまくいっているようだ。

俺は黒弓を引き、魔矢を父さんに向けて放ちながら、グリードに返事をする。

「まったくさ」

こうなってしまうことが、もし誰かによって初めから予期されていたとしたら……グリードの言う通りだろう。

第25話　父と子とは

俺の攻撃は、父さんに届かない。

今のままでは……いつまでもディーン・グラファイトがいる場所に行くことができない。

「力を貸してくれ、ケイロス」

『フェイト……この力は……』

ハウゼンでマインと戦った際に、俺は暴食スキルの中にいた機天使（ルナ）の力を引き出していた。あの時に、気が付くべきだった。

なぜ、それができたのかを……。理由をもっとあの時に考えるべきだった。

もう、今更だよな。

ケイロスは俺の胸を指して、こう言った。

俺はいつでもここにいる。それはこれからも変わることはないと。

俺が物心付く前から……生まれた瞬間から彼はずっと側にいてくれた。暴食スキルで喰らった者たちを引き連れて……。

グリードはおそらく俺の中にケイロスがいることを知っていたのだろう。いつか、この時が訪れるから、ゆっくりと見守ってくれていたのかもしれない。

「なあ、グリードはいつから俺の中にケイロスがいることを知っていたんだ」

『お前が俺様を初めて手に取った瞬間からだ』

「相変わらずだな」

『ケイロスが望んだ。真の暴食だからな。慎重にもなる』

「だから、あんな無茶をしたのか？」

ハウゼンを襲った聖獣アクエリアス。グリードの存在を代償にして、第五位階の奥義解放で刺し違えたときのことを聞く。

『お前は俺様たちの希望だった。それに俺様がそうしたかった。無茶はお互い様だ』

その言葉に思わず、クスリと笑みがこぼれてしまった。

無茶上等。俺たちの戦いはいつだって、それを通して来たのだからさ。

ケイロスの力が体中に駆け巡る。彼による幾多の戦いの記憶も合わせて呼び起こされていく。

『一つ、本来の形に近づいたな』

「まだまださ」

体を覆うように、オーラが溢れ出す。その色はケイロスの印象的な赤い髪を連想させるものだった。

「これからは共にいこう」

俺の中にいるケイロスに呼びかける。呼応するかのように力が更に溢れ出してきた。

『いけるか？』

「もちろんさ」

魔力を高めて黒弓を引く。狙うは父さん。

俺の攻撃を拒絶するかのような凍結の力。それを超えなければ、聞きたいことすら話せない。

真っ赤なオーラが魔力に変化して、炎となって燃え上がる。

一本の矢として集約して、放つ。

父さんは黒槍を振るって、薙ぎ払おうとする。周囲の空気すら、一瞬で凍らせて、真紅の矢とぶつかり合った。

矢は凍ることなく、燃え上がる。しかし、黒槍からの冷気も衰えることを知らず、相反する力は拮抗を続けた。

「父さん！」

俺は建物から跳躍して、父さんがいるブラックキューブへ飛び乗った。そのまま、駆け抜けて接近する。

黒弓から真紅の矢をもう一撃。すぐに黒剣へ変えて、放った矢を追いかける。

さすがの父さんも二本の燃え上がる矢を受け止めつつ、黒槍の冷気を保つのは厳しいようだった。俺に伝わってくる寒さが弱まっているのを感じる。

黒剣にも赤いオーラを纏わせて、斬り込む。

真紅の矢を二本、加えて真紅の斬撃。

これで父さんをブラックキューブから落とせる……と思っていたが、

「もう終わりか？　フェイト」

「くっ」

父さんは真紅の矢も俺の斬撃も弾き飛ばしてみせた。その時、父さんの背に生えた黒い翼に目を奪われた。同時に出来損ないの自分の翼がうずく。

「その翼は……」

「俺はまだ本気になれていないが、どうする？　まだ続けるか？」

「いつまでも、子供扱いをするな」

「なら、来い」

俺の力は上がっているはず。それなのに父さんの力も比例するかのように上昇している。

体勢を立て直して、父さんへ向けて真紅に染まった黒剣を振るう。

それを黒槍が苦もなく受け止めた。確かに一つ前の攻撃よりも、威力は劣る。それでも、斬撃は今まで以上の力を込めていた。

つい先程までは拮抗していると感じた。それなのに、なぜか父さんのほうが上回っているような気がする。

父さんがこの一瞬で更に強くなっているのか？

『フェイト、やつの翼を見ろ！』

これは……。漆黒の翼に変化があった。

翼の先端が赤く染まっている⁉　それは木の根が水を吸うかのように、範囲を広げていた。

その赤い部分が大きくなるほど、父さんの攻撃が強くなっていく。色は俺の纏うオーラにとても似ていた。

「まさか……俺の力を」

父さんは驚く俺に構わずに、黒槍を横に振るう。後ろにはブラックキューブがあるため、躱すことができずに、受け止めるしかない。

　黒剣と黒槍がぶつかり合い、青白い火花を散らす。

「俺とお前の力はよく似ている。フェイトは力を喰らう。俺は力を吸収する。だが、違いはある」

「このっ……」

　力が抜けていく。意識して見ているからだろうか。今度ははっきりと視認できる。俺が纏うオーラが父さんの翼に吸い取られている。

「発動条件の違いだ。お前は相手の生命を奪わなければならない」

「……力が」

「俺はその気になれば、常時発動できる。もうじき立っていられなくなるぞ」

　おそらく……俺の魔力が吸い取られている。【鑑定】で自分のステータスを確認する。やはり、ステータス上で最大値の変化はないが、現状の魔力がみるみるうちに低下していた。

　このままでは立っていられなくなるどころか、干からびてしまう。

「くそっ」

　なら、これはどうだ！

ここに来るまでにガリア大陸で戦って得た新たなスキル。古代の魔物たちが持っていた強力な力――状態異常系【毒攻撃】だ。

吸収できるものならしてみろ。

左手を黒剣から離して、【毒攻撃】のストレートパンチを父さんに向けて放つ。

「おっと」

飛び退いて、躱してみせた。途端に力が抜ける感覚はなくなった。

「状態異常系が苦手なんだね」

「誰だって、そうだろ。どこでそんな危ないスキルを拾ってきたんだ？」

「父さんに会いに行くついでにさ」

「拾い喰いはするなって、よく言って聞かせていたはずだが」

「父さんみたいに好き嫌いはないからね」

「たくましくなったものだ」

黒剣に【毒】を含ませることで、父さんは俺の魔力の吸収ができなくなった。あとは、時間を稼いで回復を待ちたいところだが……。

「さて、俺からも攻めるか」

父さんは黒槍の先を俺に向けた。見覚えのある構えだ。

どこかで……俺は知っている。

（バカが……跳んで来るぞ）

頭の中でラーファルの声がした。意外にお節介な奴だな。

俺は彼が何を言おうとしているのかをすぐに理解できた。意識を集中して黒槍の動きを予測する。

来る。

俺の利き腕を狙った一撃を紙一重のところで躱す。父さんは俺から少し離れた位置に立ったまま、動いていない。

しかし、黒槍は違う。槍先から手元までの半分が消失していた。

どこに行ったか？

それは先程、俺の利き腕を貫こうと空間跳躍してきた。

ラーファルが過去に使った攻撃だった。

「良い勘をしている」

「なぜ……それを？」

「この大罪武器の特性だ。使い手の心の形を読み取り、現実に顕現させる。そして、もし過去の使い手がより強い思いを残したのなら、その力は黒槍に残り続ける。この空間跳躍を作り出した使い手は、何を思っていたんだろうな」

　俺の中でラーファルが強く舌打ちをしたような気がした。

「それなら、凍結の力も誰かのもの？」

　空間を跳び越えてくる黒槍を避けながら、父さんに聞く。

「これは俺の力だ。如何なるものをも凍結させる。それが今の俺の心の形らしい。……昔とは真逆だな。俺もまた変わってしまった」

　父さんはどこか寂しそうな顔をして、魔力を上げてきた。押し潰されるような錯覚を感じるほど、威圧的な魔力を放ち始めた。

「死ぬなよ。フェイト。そろそろ、これによって手加減ができそうにない」

　父さんが指差した先。

　顔の聖刻が輝きを増していく。血より生生しく赤く染まる。

「とうとうお前を天啓が障害と認識したようだ……もう抑え込めない」

「父さんっ」

「止めたければ、殺す気で来い」

「……それは」

「俺の特性は教えた。あとはわかっているな。できなければ、お前も仲間たちも、ここで死ぬことになるだろう」

漆黒の翼を広げると、枝分かれするように数が増えていく。二枚が四枚……八枚となった。頭にはすべての光を吸い込むほど、真っ黒な天使の輪が浮かんでいた。

父さんの顔はもうない。フルフェイスの鉄仮面を着けたように何もない。あるのは、真っ赤に光る聖刻だけだ。

黒槍もまた呼応するかのように変化が起こり、長さが倍になり槍先がより鋭くなっていく。

一時の静寂が駆け抜けた後、人語とは思えない雄叫びを上げて、父さんだった者が俺に襲いかかってくる。

死を司る天使がいたとすれば、まさにそれだろう。

第26話　死を司る天使

真っ黒な顔は、理性があるようには思えなかった。神から授かった天啓のみに従う。それを本能として、邪魔をする者はいかなる手を用いても排除する。

真っ赤に染まる聖刻が、標的として俺を認識しているように見えた。

「父さん、いつも俺のことばかりで……どうしてそこまで……俺は父さんの本当の……」

声は黒天使となった父さんに届くことはなく、帝都に吹き込む風によって彼方へと運ばれていった。

『フェイト！　来るぞっ』

黒天使に目を向けると同時に、姿が消えた。

聖獣ジェミニが使った空間跳躍か⁉　そう思えてしまうほどの高速移動。

二枚の翼が増えて八枚になったことによる推進力か⁉

目では追いきれない。見えているのは残像で、本体はずっと先にいるだろう。

黒盾に変えて身を守るのが精一杯だった。黒天使は止まることなく、長く伸びた黒槍の先をぶつけてきた。

「重い」

構えた黒盾が軋む。この攻撃は……以前にハウゼンの地下都市グランドルで戦った時、マインが使用したノワールディストラクトに匹敵する。スピードがあり、パワーも兼ね備えているのか。

ブラックキューブという不安定な足場から、いとも簡単に吹き飛ばされる。建物をいくつも貫通して、地面に突き刺さった。

口に大量の血が上ってくる。黒盾で受け止めたはずなのに、余波が貫通して俺の内部にダメージを与えたようだった。

積み上がった瓦礫(がれき)を押しのけて、這い上がる。

黒天使は、ブラックキューブの動きを抑制しているエリスの魔弾を気にしているようだった。魔法陣を描こうとするたびに、魔弾がそれを阻む。

それを察すると、黒天使は黒槍を振るった。

「エリスっ！」

俺の声と共に空間が凍った。体が動かない。

かろうじて首を傾けて周囲を見渡す。帝都が氷の世界に包まれていた。

体の芯まで凍っているわけではない。魔力を高めて熱に変え、凍った表面を溶かしていく。

「エリスが……」

彼女は黒天使の真下にいた。俺とは比べ物にならない冷気を浴びたはずだ。

『大丈夫だ。心配ない。あいつはお前が思っている以上に丈夫だ。そう作られている』

誰が彼女をそうしたのか……グリードは言わなかった。わかりきったことだ。ライブラは今も緑の大渓谷で大人しくしているのだろうか。食えないやつだから、俺の予想を超えてきそうだ。

『お前は自分の心配をしろ。また来るぞ』

帝都を凍りつかせるほどの魔力を見せつけた黒天使は、狙いを再度俺に定めたようだ。

エリスの魔弾による邪魔がなくなり、ブラックキューブは漂いながら魔法陣の構築を再開した。

黒天使は、残像を描きながら襲ってくる。黒盾で守ろうとするが、寒さで手がかじかんで、うまく力が入らない。

甲高い金属音がぶつかり合う。

今度は押されることなく、黒槍と拮抗していた。

『『まったく、お前はいつもそうだな』』

俺の口でグリードが喋っていた。

『『一人で戦いたいって言うから見ていれば、このざまだ』』

『『グリード……お前、無理やりクロッシングを』』

『『フェイトは俺様の相棒だ。それにこうすれば、一心同体ってわけだ』』

『『そうだろ？』』

ああ、グリードの言う通りだ。今まで一人ではできないことを二人で戦ってきたんだ。本当に今更だよな。

『『お前がいて、俺様もいる。それに、ケイロスまでいるときている』』

『『最高じゃないかっ』』

今グリードと魂が重なっているからこそ、手にとるようにわかる。彼は心からこの状況を楽しんでいる。

世界を懸けた親子喧嘩と揶揄(やゆ)していたくせにな。

『『ここからが反撃だ』』

黒盾で押し返して、黒剣へと切り替える。毒スキルを付加させて、黒天使へ斬り込んだ。

こちらの行動はお見通しとばかりに黒槍で応戦してくるが、

「『俺たちを舐めるな』」

体をねじって黒槍を躱して、懐へ。リーチの長過ぎる武器だ。こうなってしまえば、こっちのものだ。

黒天使は翼を動かし逃げようとするが、もう遅い。

クロッシングによって精度が増した俺たちの動きには無駄がない。黒剣の先が黒天使の脇腹を掠めた。

「『やるな』」

タイミングはバッチリだった。脇腹を斬り裂くはずが、黒槍の持ち手を器用に使って、黒剣の軌道をずらしてきた。

黒天使は今度こそ攻撃しようとしてくるが、体の異変を感じたようで、俺たちから距離をとった。

早速、毒スキルが効いてきたみたいだ。

掠っただけであの効き目。父さんが嫌がるはずだ。

俺たちを相手に接近戦は好ましくない。そう認識した黒天使は、黒槍を俺に向けて、冷気を放った。

この帝都をまるごと凍らせるほどの力を集中させたものだ。俺たちから遠く離れているはずの建物にも影響が出てしまうほど、極寒が押し寄せる。凍った建物が冷気の波に呑み込まれて砕け散っていく。

握っている黒剣からも、手がしびれそうな冷たさが伝わってきた。

まともに浴びてしまえば、あの建物のように塵となって舞うことだろう。

それでも、逃げるという考えは俺たちにはなかった。

ステータスを無尽蔵に使えるほど、蓄えがあるわけではない。ここで決める気概がなければ、あれは止められない。

黒剣から黒籠手へ、俺たちが持てる最高の一手で向かい打つ。

「『ディメンションデストラクション』」

気合と共に第五位階の奥義を叫ぶ。

黄金色の光を放つ黒糸が無数に枝分かれして、極寒の冷気とぶつかり合う。

黒糸は冷気を空間ごと切り裂く。そして、ポッカリと空いた異空間に冷気を引きずり込む。

いける！　この奥義は冷気と相性がいい。このまま押し切ってやる。

そのとき黒天使が人とは思えない声を発した。途端に、放たれる冷気の量が一気に増した。

奥義ですら抑えきれないほどだ。両腕に今までにない重さを感じる。

じわりじわりと冷気が黒糸を凍らせていく。これほどまでに、父さんの思いは強いのか……。

「『それでもっ！』」

息子と呼んでもらえる以上、その思いに応えたい。相反する力を付加する。

俺の一部――ケイロスも呼応して、力が流れ込んでくる。真紅の炎が黒籠手を包み込むように燃え上がり、黒糸の黄金色と混ざり合った。

冷気を蒸発させて、無効化。さらに切り裂き異空間へ追い込む。

これなら、押し返せる。父さんの思いを受け止められる。

黒糸が黒槍の矛先へ迫ったとき、異変が起こった。

「『反転した！』」

冷気から冷たい色をした炎へと変わった。これは……今までの冷気とは比べるのがバカバカしくなるくらいだ。

父さんが教えてくれた黒槍で扱える力は冷気と空間跳躍だったはず。それ以外にもあったのか。

いや、父さんは言っていた。以前は真逆の力を使っていたと。

聖刻によって、あの姿になっても……。

それも今はない。本来の黒天使が扱う炎となり代わっている。

もしかしたら、すべてを凍らせる……その力はあの黒天使に戻りたくない思いから真逆のものとなって現れていたのかもしれない。父さんに聞いても、教えてくれるとは思えない。それは、この戦いを通して感じたことだった。

「『まだ手加減をさせていた』」

青く冷たい炎の勢いは増していく。真紅の炎を宿した奥義を燃料として更に燃え上がる。

あまりの熱量に辺り一面は、大気が荒れ狂う。

奥義はまだ発動中だ。まだいける。だが、青い炎は膨張を続けながら進行を続ける。

あまりの圧力に両腕が吹き飛びそうだ。近づく青い炎によって、服から煙が上がり始めた。

「『このおおぉぉ』」

体の血液が沸騰しているような感覚が襲ってくる。もしかしたら、体が燃えているのかもしれない。

もう抑えきれない。そう思ったとき、両手が誰かに支えられた。

（何をやっている。お前たちには、もう一つの炎があるだろ）

ケイロスの声が聞こえた。それは優しくしっかりとしたものだった。

（俺の力ではなく、誰にも消すことはできないお前たちだけの炎を）

まさか……あれを今ここでいけるのか？

この第五位階の黒籠手の姿で呼び出し、操りきれるのか？

（俺とは違う。お前らならできるさ。俺に見せてくれ……フェイト、グリード）

「『うおおおぉぉぉ』」

クロッシングした俺たちの魂は重なり合う。第四位階――黒杖の力をここに召喚する。

黒籠手の指先から、バチバチと音を立てて、黒き炎が産声を上げ始めた。

第27話　開かれた扉

黒籠手から黒炎がとめどなく溢れ出す。使い手には熱さを感じさせない炎。しかしそれ以外は、焼き尽くすまで消えない。俺は未だに黒炎が俺の意思以外で消えた姿を見たことがなかった。

「『いけえぇぇぇぇぇっ！』」

黒炎は生き物のように波打ちながら、張り巡らせた黒糸を伝っていく。そして黒天使が放った冷たい青炎と表面からぶつかり合った。

黒炎は青炎を喰らうように侵食する。一時は押し負けていたが、勢いを上げて盛り返していく。黒炎は貪欲に青炎を平らげて、とうとう黒槍まで迫る。

黒天使はまたしても叫び、漆黒の仮面を俺に向け、聖刻をより一層赤く光らせた。

この状況でまだやるつもりだ。空にはブラックキューブが魔法陣の発動段階に入っていた。時間はあまり残されていない。

「『それはわかっている！』」

背後から忍び寄る攻撃。空間跳躍による遠距離からの不意打ち。しかも多段で俺の心臓を狙ってきた。

事前にあれだけ教えてもらったのだ。予め備えていれば、躱すことは他愛もない。

逆にこの攻撃によって黒槍の穂先は俺の側にあり、他の攻撃はできないはずだ。できるなら、とっくに複合攻撃をしてきただろうさ。一つ一つが使い手の思いから顕現する力なら、それぞれ個々のもので重ね合わせることはできないのかもしれない。

黒天使は起死回生の策を失った。つまり今は無防備だ。

「『ここで一気に押し込む』」

黒炎は俺たちの声に呼応して燃え上がる。宙を舞う黒天使を包み込み、十字に火柱を上げた。

黒天使は爆炎に吹き飛ばされて落下していく。翼は焼け焦げ、黒炎が侵食し続けていた。それだけでなく、全身に黒炎を纏っている。

俺の中でグリードが言う。早く、あのブラックキューブも吹き飛ばせと。

だけど……横目では黒天使が地面へと落下を続けている。黒炎は漆黒の仮面を燃やし、赤く光る聖刻に大きなヒビを入れる。僅かに砕けた仮面の奥に、父さんの苦しそうな顔が目に入ったときには……グリードの制止を振り切って体が勝手に走り出していた。

ブラックキューブの魔法陣は、太陽のような光を放っていた。

そのまばゆい光を浴びながら、俺は父さんを抱きかかえる。いつの間にか、グリードとのクロッシングは解けていた。

「父さんっ！」

「……何をやっている。俺よりも大事なことを……なんのために来た」

俺は黒炎を取り払いながら、叫んだ。

「馬鹿野郎おぉぉぉっ」

父さんは何も言い返すことなく、静かに頷いた。

その時、聖刻は漆黒の仮面と一緒に崩れて落ちてしまった。顕（あらわ）となった父さんの顔には、もう聖刻の姿はない。

「俺の天命は果たされた」

その言葉が合図のように、帝都の頭上にある空が大きく割れて、異なる世界が顔を覗かせていた。ブラックキューブは役目を終えたとばかりに落下して雨のように降り注ぎ、次々と地面に突き刺さる。

「結局、こうなってしまうのか……うぐっ」

父さんの体はひどいものだった。黒炎や毒などのダメージ、それ以上に黒槍を使いすぎたことによる負荷が大きいようだ。あれは使用者の血を求める性質がある。たとえ使用者が黒槍を抑え込んでいたとしても、すべては難しいだろう。あれもグリードと同じ大罪武器だから、一筋縄ではいかないはずだ。

「今すぐに治療を」

黒籠手から黒杖に変える。そして、トワイライトヒーリングを発動しようとするが、

「やめておけ。無駄遣いをするな。まだ終わっていない」

割れた空を眺めながら父さんは言う。

「それじゃ……父さんが」

「言ったはずだ。殺す気で来いと。それに俺はとうの昔に死んでいる」

すでに死んでいる……その言葉で俺は固まってしまう。父さんが亡くなったときのことはよく覚えている。だけど、父さんがなぜ死ぬことになったのか。その理由は今までわからなかった。暴食スキルと向き合ったとき、それを知ることができた。

フェイトという存在は二人いる。二重人格と言うべきか。俺ともう一人がいた。

そいつはとても攻撃的で、時折、顔を覗かせては俺に影響を与えてきた。押し寄せるあの得体のしれない怒りは、精神世界で退治した偽フェイトが持ち合わせていたものだった。

あいつは今も俺を憎み、襲うチャンスを窺いながら取って代わろうとしている。

本来は俺ではなく、あいつがフェイトになるはずだった。

それを許さなかったのは、父さんだ。ケイロスとの戦いによって本来の自分を知ったことで、欠けていた記憶が補完されて思い出せた。それと同時に、俺という存在もわかってしまったのだ。

エリスが魔物の寄せ集めなら、俺は暴食スキルで喰われた魂の寄せ集めだ。

父さんは力ない手で俺の頬に手を当てる。

「お前は母さん似だ。本当に大きくなったな、フェイト」

「違う、俺は……」

「お前は勘違いしている」

「父さんの息子じゃなくて、暴食スキルが作り出した偽者で……。本当の息子は暴食スキルの中に今も閉じ込められて……」

なかなか言い出せなかったことを吐き出す俺に、父さんは首を振る。

「ちゃんとお前は俺の息子だ。暴食スキルに封じたフェイトは、俺の力を受け継いだ聖獣人。お前は暴食スキルが作り出した偽者ではない。母さんの力を受け継いだ人間だ。しかし、ただの人間に暴食スキルは強力過ぎた。生まれてすぐに人間としてのフェイトはスキルに呑み込まれてしまった」

「……でも俺は今ここにいる。まさか……」

暴食スキルによって、母さんの命を奪われた記憶があった。暴食スキルが母さんに負担をかけてしまったのだと思っていた。

「そうだ。お前を産むために母さんは亡くなったのではない。暴食スキルから救うために母さんは魂を捧げた。あのときそれができたのは、物理的に繋がった母さんしかいなかった」

そう言って父さんは俺のへそを指差した。つまり、生まれたての赤子はへその緒で母親と繋がっていることを意味していた。その時は母さんも暴食スキルと繋がっていたのだ。

「代償を払って、お前を暴食スキルからすくい上げた。しかし、そのときにはすでに暴食スキルで喰われた者たちの魂と交ざり合ってしまっていた。断つことはできないほど深くな。これ以上、暴食スキルと交わらないように母さんは壁となってお前を守り続けるはずだった」

「守る？　それって」

俺は暴食スキルが初めて発動したときのことを思い出す。王都セイファートで門番をしており、お城に忍び込んだ手負いの賊を倒したときだ。

押し込められたものが解放された感覚があった。そして、無機質な声と共に力を得た。

「母さんはお前が普通の人として生きることを望んでいた。しかし、ここはスキル至上主義。生まれ持ったスキルで、すべての人生が決まってしまう。それは努力では覆ることなく絶対だ。封じられ無能スキルとなった者には生きづらい世界だっただろう」

父さんは死ぬまで俺のことを案じていた。

「俺が死んだ後に、お前が暴食スキルに目覚めてしまうことは容易に想像できた。しかし、予想は半分だけ当たっていたようだ」

「半分？」

「目覚めても暴食スキルに呑み込まれることなく、均衡を保っている。大丈夫だ、お前の根っこはちゃんと人間だ。寄せ集めの偽者じゃない。それに今も母さんはお前を守っている」

「父さん……」

安全そうな場所に父さんを寝かしつけていると――。

「お仲間が来たようだ」

この気配は……。振り向くとエリスが立っていた。ボロボロになっており、目のやり場に困る。あの凍結攻撃をなんとかやり過ごしたようだった。

「派手な親子喧嘩だったね。でも良かったよ。和解できたようで……積もる話もあるだろうけど、今はあれをどうにかしないとね」

空間の割れ目が、ゆっくりと広がっている。ポッカリと開いた穴から、真っ赤な光が漏れ出ていた。どこか暴食スキルの世界――亡者たちが蠢いていた場所と重なって見えた。

あの先にある世界が、生きとし生ける者にとって優しい場所とは思えなかった。

第28話　第六位階

あれを……どうしたらいい。

世界が傷つき赤い血が流れ出したように見える。手の施しようがない致命的なものを思わせた。

立ち尽くす俺に父さんは声をかける。

「ああなっては、すべてが終わるまで閉じることはない」

父さんは他人事のように言う。なぜなら、この行いは自身の意思ではなかったから。

聖刻によって強制されて彼の地への扉を開いただけ。父さんには選択の余地などなかった。

それに俺にはチャンスがあった。なのに、それを捨てて父さんを選んでしまった。

父さんは、今起きようとしていることなど見ず、俺だけに目を向けた。

「フェイト、それでも行くか？」

「そのために来た。父さんが止めても行くよ」

「なら、これを持っていけ」

力ない手で、俺に渡してきたのは黒槍ヴァニティーだった。

ずっしりとした黒槍を手に持つ。父さんの思いの重さを表しているかのようだった。

これは使い手によって姿を変えてきた。今は黒天使が持っていた禍々しい長槍ではなくなっている。

父さんが幾度も俺の前に現れては力を振るった、見慣れた姿だった。

「お前はこれに何を映す。どのような力を望む？」

「俺は……」

昔なら独りよがりなことばかりだった。あのときの俺なら、おそらく黒槍のままで扱うことを選んでいただろう。

だけど、今は違う。ロキシーやマイン、エリス、それにアーロン……いやそれだけでなくバルバトス家に仕えてくれる人たち、領民たち……まだまだ沢山の仲間がいてくれて共に歩むことの素晴らしさを教えてもらった。

だから、お前も……。

「俺たちのもとへ来い」

黒槍ヴァニティーは形を失っていく。小さな黒い粒子となって、黒剣グリードに吸い込まれた。

『これは……フェイト。そうか、そういうことか！　やりやがったな』

「ヴァニティーの力を借りて、ケイロスが開けなかった姿に」

『ああ、そうだ。俺たちの新たな力——第六位階へなってやろうじゃないか』

今までで一番心安らかな位階解放。強欲な相棒もこのときばかりは代償を要求してくることはない。有り余る力を黒槍ヴァニティーは供与してくれるからだ。

次第に形を成していく第六位階。その姿はもちろん決まっている。

父さんが持っていたものよりも鋭く。だが、黒天使が扱っていたほどではない。

俺たちに似合ったこれ以上ない形に収まっていた。

第六位階の形状は黒槍だ。そして、俺が願ったのはあの開ききってしまった扉を再び閉じる力。グリードが最も嫌う使い方となってしまうが、今回ばかりは納得してもらおう。

本人はまだ形状が変わったことに驚いており、気がついてないが……。

その時が来れば、わかってもらえるはずだ。

うまくいくかは出たとこ勝負。それでも、あのポッカリと開いた場所へ行かないと……。

父さんは新たなグリードの姿を満足そうに見えていた。だが、すぐに顔を引き締めて言ってくる。

「フェイト、お前の中にいるもう一人に気をつけろ」

「暴食スキルの中にいる？」

「そうだ。あれは危険だ。不安定な上に凶暴で、さらには封じられ続けたことにより、怨嗟を募らせている。お前が暴食スキルを使い繋がるたびに、お前と入れ替わろうとしてくるかもしれん」

精神世界で対峙したもう一人の自分を思い出す。父さんの言う通り、戦うたびに俺への憎しみを募らせていった。あの様子では、とてもじゃないがわかり合えるとは思えない。本来は二人で一人な存在だったはずなのに……。俺の問題はすべて解決したわけではない。

「なんとかやってみるよ。いつものことさ」

「ここまで来たお前なら……いらぬ心配だったな。俺はもう大丈夫だ」

「父さん……」

「これ以上ないくらい十分に救ってもらった」

父さんが、から元気なのはよくわかる。幼かった頃はそれに気がつけずに……父さんは亡くなってしまった。その苦い思い出が蘇ってくる。

そんな不安を払拭するように父さんは満面の笑みを俺に向けてきた。その顔は幼い頃に見ていたものと同じで、もう父さんは聖刻の束縛から解放されたことを知らしめていた。

「行って来い。さあ、行くんだ……フェイト！」

「行ってきます！」

拳と拳を突き合わせて、父さんに背を向けた。そんな俺にエリスが嬉しそうな顔で寄ってきた。

「よかった。一時はヒヤヒヤだったよ。実際、氷漬けにされてヒエヒエだったけどね」

「見かけによらずタフだよな」

「でしょ。もっと褒めてくれていいよ」

「お前な……」

俺は呆れながら空を見上げる。

「行きたいのかい？　あの場所へ」

「ちゃんとした翼があれば、一飛びなのにさ」

「なら、ボクが連れて行ってあげるよ」

「えっ？」

「二人の戦いを見ていて思ったのさ。ボクもしがらみを捨てて、向き合わないとって」

「エリス？　何を」

「ライブラが言っていたよね。ボクは魔物の寄せ集めだって……こんな姿になっても、できることなら今まで通りにしてもらえると嬉しいかな」

そう話すうちに、エリスの姿が変わっていく。大きな翼が八枚もあり、白く大きな巨体が崩壊した大地に居座る。

まさか……これは。形は全く同じではないが、俺はこの白竜をよく知っていた。

生きた天災。あまりの強さから信仰の対象としている者さえいる。

エリスが姿を変えたのは、天竜だった。それも俺と戦ったものより、洗練された姿をしている。

「どうかな？」

大きな巨体をしているくせに、エリスはどこか恥ずかしそうだった。

俺は彼女に飛び乗りながら、頭を撫でる。

「かっこよくて、びっくりしている。まさか天竜に乗れる時が来るなんてな」

「君が倒した天竜は、ボクと同じようにライブラに実験体とされた者の成れの果て。人の姿を失い、戻ることができずに次第に心すらも失っていた。もっと昔はそんな人たちがたくさんいたんだよ。みんな死んじゃったけど……」

「そっか……」

「でも、よかった。こんなことなら早く打ち明けていればよかった」

「俺たちは似た者同士だしな」

「体と心の違いはあるけど、そうだね。さあ、行くよ。しっかりと掴まっていて」

飛び立つ前に、俺は振り向いた。父さんは今もずっと俺を見ていた。

互いに頷き合って、最後の別れを済ます。こうしておきたかったけど、名残惜しくなってしまいそうだったから。

エリスは翼を広げて、真っ赤に染まった空に向けて羽ばたいた。

次第に遠くなっていく父さん。わかっていたけど……涙が勝手に溢れてきた。

「フェイト……君のお父さんの魔力が……」

「わかっている。昔からいつもああなんだ。俺の前ではいつだってそうだ」

「でも、このままだと」

「これはお互いに決めたことだ」

父さんの魔力がロウソクの炎が消えかけるように揺らいでいた。僅かな風でも消えそうなくらいに……。

それでも、もう振り返ることはしない。父さんとの約束だ。

エリスの角を握りしめる手に力がこもってしまう。それは彼女にも伝わったようで、何も言わなくなった。

先を目指す俺たちに、最後の魔力の灯火が波動となって駆け抜けていった。

「父さん……」

そして、聞こえてくる無機質な声に未だかつてない非情さを感じさせられた。

《暴食スキルが発動します》

父さんの力が俺の中へ流れ込んでくる。こんな結果を望んでいるわけがなかった。

それでも俺は暴食スキルの使い手だから、戦いとなればこうなってしまう。しかも、命をかけたものとなれば尚更だ。

無機質な声が俺の頭の中で、駆け抜けていく。ステータスがどれくらい加算されたかなんてどうでもよかった。

そこに残るのは、父さんを喰らってしまった事実のみだ。

(……フェイト)

僅かに父さんの声が聞こえたような気がした。

その声で、やるせない気持ちが抑えきれなくなって、

「うあああああああぁぁぁぁっ」

俺は手にしていた黒槍を渾身(こんしん)の力で、天に開いた彼の地への扉に向けて、投擲(とうてき)していた。

第29話 終わりを紡ぐ者

黒い稲光を放ちながら黒槍はまっすぐに彼の地への扉に突き進む。このまま、あの真っ赤な世界ごと貫いてやる。

「いけええぇっ」

まだ開いたばかりだ。まだ間に合うはずだ。あそこから、ゆっくりと溢れてこようとしている異様な気配。まだ始まっていない。

今、このときなら……父さんから受け継いだ……この黒槍なら。

「どうしてっ！」

約束が違うじゃないか。

「どうして、邪魔をするっ！」

沈黙していたはずのブラックキューブが宙を舞い、黒槍を阻むように何重にも盾となっていく。

ぶつかり合う黒槍とブラックキューブ。

互いに破壊不能属性を持った者同士。こちらが最強の矛なら、あちらは最強の盾。

俺はそれを為した者を見つめた。涼し気な顔をして、白い髪をなびかせていた。着ている神官服からは荒れた大地には似つかわしくないほどの清廉さを感じる。

翼は持たずに彼の地への扉の前で浮かぶ者の名を叫ぶ。

「ライブラ！」

あいつはこの事態を望んでいなかったはず。それなのに俺を阻むのか！

攻撃を緩めることはない。このまま押し切ってやる。

俺のステータスを捧げる。持っていけ。

「グリード！　穿け……」

黒槍はより鋭く……大きく……長く変貌していく。そして赤黒い稲光を轟かせ始めた。

この稲妻に触れたブラックキューブは、砂のように崩れて落ちていく。そして最後は塵すらも残らずに消え失せる。

たとえ破壊不能だとしても、この第六位階の奥義《リボルトブリューナク》の前には意味をなさない。

存在消滅の力を持った黒槍にはどのような盾だろうが、必ず穿つ。あの彼の地への扉を消し去りたいと願い、形となった……この力をライブラは今更止めることはできない。

何重にも張り巡らせたブラックキューブによる城壁のような盾を消し去っていく。それでもライブラに焦りの色はない。

いつものように飄々とした顔だった。

それならいいさ。お前ごと穿(つらぬ)いて、終わりにしてやる。

黒槍を操る力を更に込めようとするが、ライブラは指を鳴らした。

「フェイト、止めるんだ！」

「なにっ」

エリスの声。俺にもわかっている。寸前のところで、黒槍の進路を変更。そのまま弧を描いて俺の手元まで戻す。

『そうくるか……相変わらず嫌なやつだ』

戻ってきたグリードは憎たらしげに悪態をつく。

そこには光の十字架に磔(はりつけ)にされた天使がいた。気を失っているようで、半分赤く染まった金髪だけが風になびいていた。

「ロキシー……」

ライブラに睨む俺を気にする素振りはない。残ったブラックキューブを背後に控えさせ

て彼は口を開く。

「素晴らしい。これを消滅させるとはね。予想外さ」

「ライブラっ！」

「だけどね。最強の盾というものは、こういうものをいうんだ」

ロキシーに敬意を払うように軽くお辞儀をしてみせる。

「マインはどこだ？」

おそらく、聖獣ゾディアック・ジェミニとの戦いの後に彼女たちはライブラに襲われたのだ。俺たちが帝都へ乗り込むまでに時間を稼いでくれていた彼女たちは、相当疲弊していたはず。

そこを狙われたのだろう。ロキシーのあの状態を無事と言っていいのか……わからないが見るからに大きな怪我をしてはいないようだ。心配なのはマインだ。彼女が黙ってロキシーが連れ去られるのを見ているわけがない。

「君の方こそどうだい？」

ライブラは俺の問いを無視して勝手に続ける。

「実の父親を喰らった感想は？」

「くっ」

「感傷に浸っているのかい？　それとも、美味しかったかい？」

「お前ええええぇぇぇっ」

「どうやら図星だったようだ」

俺を嘲る声が降り注ぐ。

黒槍を握りしめる手にも力が入ってしまう。

『落ち着け、フェイト。揺さぶられたところでより不利になるだけだ』

「グリード……」

ライブラは何かを思いついたように、懐から取り出して放り投げてくる。

「プレゼント。気に入ってくれると嬉しいね」

エリスの背に落ちてきた……それを見つめる。

「これは…………まさか」

手に取って、形を確かめる。真っ黒な角だ。俺は一度、この角を見たことがある。

戦鬼化したマインの角だ。

「答えるのが遅れてすまない。これで、わかってもらえたかな」

「……なんてことを」

「大人しくね。エリスもだ。お前の化物姿は嫌いだと言ったはずだよ。この出来損ないがっ」

エリスの大きな天竜の体が僅かに震えた。俺は安心させるようにそっと撫でながら、ライブラから目を離すことはなかった。

「それに比べて、彼女の素晴らしさといったら。養殖ではなく、やはり天然物だね。可能性の選択肢の差かな？　君もそう思うだろ、フェイト？」

「お前は何が言いたい？　何をしようとしている？」

「この状況から予想できると思うけど」

俺が睨むと、ライブラはニヤリと笑った。

「扉の向こう側へ。彼女のエスコートでね」

「ロキシー！」

赤い世界の前に、磔となったロキシーを移動させた。

「ここから先は本来なら魂のみが通行を許される。しかし、聖獣人と融合できるほどの魂なら」

「キャッァアキャアアアアァアアアァァァ」

ロキシーの悲鳴に黒槍を放とうとするが、旋回するエリスによって止められてしまった。

「大丈夫。ライブラはロキシーを必要としている。チャンスはある。ここは堪えるんだ」

「それでも」

『フェイト、エリスの言うとおりだ』

グリードにも言われてしまっては、ただ眺めることしかできない……のか。

真っ赤だった世界の色に変化が起こる。ロキシーの髪を思わせる黄金色が混ざり始めた。

「この先に行ける者……選ばれし者がすべてを手に入れることができる」

ライブラの顔にある聖刻が赤く光っていた。あいつがこれからやろうとしていることは、父さんと同じ天啓か？

何かはまだ不明だが、あの扉の向こう側には拒否できないあいつの定めがあるようだ。

「さあ、彼女に道案内を頼もう。同行者となれば、この僕も中に入れる。君はどうするかい？」

挑発するかのように、見下ろしてくるライブラ。

途端にブラックキューブたちが円を描き始める。何かを召喚しようとしている？

それはすぐに分かった。虚空から、四体の巨体が出現した。これは……この気配とプレッシャーは……。

「ここまできて、出し惜しみはしない。僕が持つすべての聖獣で向かい打つ」

「……ライブラっ」

「君は選択しなければ、いけない。交ざりものの君ならここを通ることができるだろう。だが、残されたエリスは死ぬ。僕が先に進んだ後、君が彼の地への扉をその黒槍で消滅させれば、ロキシーは二度と帰ってこない。さあ、選べ」

「お前は……」

黒槍をライブラへ向けようとするが、ロキシーをまたしても盾のように使われてしまう。

「そうやって見上げているほうが君にはお似合いさ」

ライブラが手を下ろすと、四体の聖獣が動き出した。

「フェイト、ボクは大丈夫」

「そんなことは……」

エリスはライブラに大きなトラウマを抱えている。今でも克服できているとはいえない。そのトラウマは他の聖獣人や聖獣まで及んでいることを知っている。

聖獣は俺たちを囲うように迫ってくる。おそらく個々がとんでもない能力を持っているはず……残されたエリスが大丈夫なわけがない。

「くそっ」

「残るのかい？　なら、すべてが終わるまでここにいるといい」

礫となったロキシーと共に、ライブラは彼の地への扉を通ろうとしたとき、一体の聖獣が大きく傾いた。

凄まじい衝撃音が駆け抜けていく。

ライブラはそれを為した者に苦々しい視線を送った。

「しぶといね。完璧な不意打ちだったにもかかわらず、生きていたとは……。さすがは戦鬼といったところか」

片角を失っても、力は健在。風に揺れる白い髪が、帝都の真っ黒な建物の残骸と対比となってよく映えていた。

大きな黒斧を振りかざし、威風堂々。

「マイン！」

「問題ない。私も大丈夫」

あの戦鬼の姿になっても、マインは自我を保っている。過去との邂逅を経て、彼女はまた強くなったみたいだった。

「ここは、私とエリスで倒す。フェイトはフェイトができることをする」

マインは一撃を食らわせた聖獣に追撃を始めた。

ライブラはそれが面白くなかったようで、大きく溜息をついて見せる。そして何も言わずに、ロキシーとブラックキューブを連れて彼の地へと踏み込んでいった。

「エリス、俺は行くよ」

「そうこなくっちゃね。なら、あそこまで連れて行ってあげるよ。マイン、援護をお願い」

「了解」

高く飛び上がったマインが、エリスの頭の上に着地する。

黒斧を構えて、見据えるは彼の地への扉。

「フェイトは何もしなくてもいい。温存」

「そうだよ」

「必ず、送る」

「わかったよ。任せる」

俺たちの前には聖獣たちが立ちはだかる。一体はマインの初撃によってまだ出遅れていた。

あの三体を押しのければ、あそこへ辿り着ける。

エリスは八枚の翼を羽ばたかせて、急上昇していく。そして進むべき道へ咆哮を放った。

勢いそのままにエリスは、回避する聖獣の一体に噛みつき、更に飛躍する。

「あとは頼むよ。マイン」

暴れる聖獣によって翼の一枚を切り落とされながらも、エリスはもう一体の聖獣に突っ込んだ。

ズンとした鈍く大きな音が鳴り響く。

「……跳んで、フェイト」

彼の地は目前。エリスはそう言い残して、二体の聖獣と一緒に絡み合いながら地面に落ちていく。

俺とマインは高く飛び上がった。

その先には邪魔をするように最後の聖獣が立ち塞がる。マインはそれを初めから予想していた。

黒斧はすでに形状を変えている。それは莫大な力を溜め込んでおり、黒い光となって漏れ出す。より重さを感じさせる黒斧を聖獣へ向けて振り下ろす。黒斧の奥義《ノワールディストラクト》だ。

「先に行って！」

「……ありがとう」

「お礼はちゃんと帰ってきてから」

「ああ、行ってくる」

強力な一撃を与えた最後の聖獣が、マインを乗せたまま地面に落下し始めた。

俺はマインとすれ違いざまにハイタッチして、聖獣を跳躍の足場にする。そして二人を横目に彼の地へ飛び込んだ。

マインやエリスが聖獣たちと戦う音は、次第に遠のいていった。

第30話　魂の海原

俺の名を呼ぶ声がする。聞いたこともない声。

だけど、どこか懐かしくて……なぜか悲しくなってしまう。

「フェイト、フェイト……起きなさい。いつまで寝ているの！」

目を覚ますと、そこは幼い頃から暮らしてきた家だった。商人の都市テトラから、西へいくつもの山を越えた先の小さな村。痩せた土地で碌にまともな野菜も育てられない。それでも薬草だけはなんとか育つため、それを収入源に細々と暮らしている。

起きようとすると体のあちこちが痛んだ。どうやら、昨日の農作業が堪えてしまったようだ。

「痛てて……なんだか変な気分だ」

何かの繭に包まれていて、はっきりとしない感覚が燻（くすぶ）っている。

何か大事なことを忘れているような……喉に小骨が刺さった感じでどうにも落ち着かな

い。

「フェイト！　まだなの？」

「今行くよ」

服を着替えて自室のドアを開ける。そこに父さんと見知らぬ女の人がいた。

彼女は俺を見て不思議そうな顔をした。

「何しているの？　せっかくの朝食が冷めちゃうわよ」

「ごめん、母さん」

えっ……俺は今なんて言った？　母さん!?

「ほんとうにどうしてしまったの。ディーンもなにか言ってやって」

「まだ寝ぼけているんだろう。フェイト、ここへ座れ」

父さんは笑顔で手招きしてくる。促されるまま、俺は使い古されたテーブルへ。そして父さんの向かいに座った。

すると、先ほどの疑問は消え失せていた。

「さあ、食べようか。質素ではあるが、母さんが作ってくれた朝食だ」

「美味しそう」

焼きたての黒パン。ライ麦の良い匂いがする。薬草が入ったスープはほんのりと苦味があった。

　それが黒パンと相性が良くて食が進む。

「食べたら農作業だ。最近は狩りばかりでサボリ気味だったからな」

「魔物狩りばかりで、心配だわ」

「母さんは心配性だな。これも仕事だ。最近魔物が増えたと、村長がうるさいからな」

「だから、ディーンばかり」

　父さんは母さんを抱きしめながら言う。

「この村で戦えるのは俺だけだからな。大丈夫だ」

「フェイトもいるでしょ。ねぇ」

「……俺？」

　俺が戦える？　あれ、どのようなスキルを持っていたんだ。

「父さんと同じ槍術スキルでしょ？　まだ寝ぼけているの？」

「そうだったっけ」

「お前ってやつは」

　父さんに頭をガシガシと荒っぽく撫でられてしまう。それでいいかもしれない……また何かを忘れていくような感じがした。

「さて、朝食が終わったことだし。農作業だ」

「行きましょう、フェイト」

父さんと母さんが家から外へ出ていく。残された俺は玄関ドアに手をかけたまま、進めなかった。俺の中の何かが拒否していた。

外から先に行った二人の声が聞こえてくる。

「フェイト、まだか？」

「早く」

ドア越しのはずなのに、声は直ぐ側から感じられた。

「俺は……」

それにおかしいんだ。ずっと母さんの顔がはっきりとしない。

靄がかかっていて、見えない。なぜなのだろうか、俺は母さんの顔がわからない。いや、知らないのだ。

この状況に対して違和感が大きくなっていく。なんなんだ、これは……せっかくいいところだったはずなのに。

うずくまり、頭を抱えている俺に無機質な声が聞こえてきた。

よく知っている声だ。何度も、何度もこの声を聞いてきた。嫌というほどに……。

だけど、この声を嫌いにはなれなかった。

俺に何を言っているのかまではわからない。どうせ……いつものように言っているのだろう。

暴食スキルが発動しますって…………んっ⁉

それをきっかけに、記憶が鮮明に流れ込んでくる。そうだ、そうだった。

ここはどこだ。故郷の村はもうどこにもない。ガーゴイルとの戦いで焼け野原になった。だから、存在しているはずがない。

俺が違和感に気がつくと、音を立てて世界が崩れ始めた。

幼い頃に住んでいた家が砂のように消えていく。その壁の向こう側は、真っ赤な世界だった。

『フェイト、しっかりしろっ！　このままでは、この世界に取り込まれてしまうぞ！』

グリードの声に目を覚ます。どうやら、俺は彼の地へ飛び込んで、すぐに意識を失ったようだった。

辺り一面が、真っ赤な世界。暴食スキルの世界によく似ていた。瓜二つと言ってもいいくらいだ。

『心配させやがって』

「どのくらい経った？」

『わからない。ここは俺様たちがいた世界とは違うからな』

「マインやエリスは無事だろうか？」

『あいつらが簡単にやられるわけがない。それよりも自分の心配をしろ。何があった？』

「幼い頃の夢を見ていた。いや夢というより」

現実のように思えた。母さんが生きていて、父さんも元気で……俺は暴食スキル保持者ではなかった。

質素で平凡だけど、悪くはない世界だった。

『この世界がお前に干渉して、現実のような夢を見せていたのかもな』

「魂の群れが？」

『世界を構成している者たちによって、引き起こされたのだろうさ。暴食スキルを持つお前は特に敏感だろうからな』

者たちって……まるで人を扱うような表現じゃないか。俺の体を取り巻く赤い光がまさか？

それの一つに触れると、誰かの記憶が脳裏を過った。断片的ですべては理解できないが、武人の男の記憶だ。しかも、魔物と戦って食い殺される最後の記憶。その痛みまで覗いた俺に伝わってきた。

「うっ……」

『ハズレを見たな。それは碌な死に方をしなかったようだな』

「この世界に溢れているすべてが、人間の魂だというのか？」

『いや、それだけではない。あれを覗いてみろ』

先程よりも大きな魂を触れた。

くっ！　これは人間ではない。

圧倒されるほど憎悪が流れ込んでくる。人間が憎い、人間が憎い、殺して喰らってやるという魔物の記憶だった。

本来の縄張りから離れて、ひたすらに人間を襲っては喰らう。はぐれ魔物のものだ。

はぐれ魔物が群れから離れて、単独行動という放浪の旅をする理由は今まで不明だったが、理解できたような気がした。やつらは本能レベルで人間が憎くて喰らいたいという欲求が、他の魔物に比べて異常に強いのだ。

それも武人たちに追い詰められて、最後は聖騎士によって退治されてしまった。命を失う一瞬までも、はぐれ魔物は憎しみに溺れていた。見終わっても、その残滓（ざんし）がまとわりついてくる。気分はとても不快でしかたない。

『どうだった？』

「最悪だ」

『魔物は大概があのような思考だ。何千年という時を経ても、人間への憎しみが消えることはない。憎しみに溺れ、理性すらも失ってしまう。理性なき者とは一生わかり合うことなど不可能だ』

「だから、人間は魔物と戦うのか？」

『そうなるように初めから仕組まれているとしたら、お前はどうする？』

「馬鹿げている。殺し合いをさせて、何の意味がある」

『その成果は、今お前が見ている世界だ』

グリードの言葉から辺りを見回す。どこまでも続いている真っ赤な世界があった。

ここはただの空間という規模ではない。もう一つの世界が存在していると言っていいほどだった。

だが、この膨大な小さな魂たちが寄せ集まって、この世界を構成させてなんになる。

『お前なら……暴食スキルを持つお前ならわかるはずだ』

グリードはそう言って、俺の答えを静かに待っていた。

俺は魂に触れたときのことを思い返す。触れた瞬間に暴食スキルが疼くのを感じていた。

「まさか……これらすべての魂には……」

『ステータス、そしてスキルを内包している』

暴食スキルの世界と似ているはずだ。つまり、ここはあの世界よりも、遥かに規模を大きくしたところというわけか。

なぜ、このようなことをしているんだ。

『フェイト、お前は農耕をしたことがあるか？』

「当たり前だろ」

幼い頃は村で薬草と僅かな作物を育てていた。硬い土を耕し、種を蒔き、水や堆肥（たいひ）を与える。ときには育ち始めた作物が天災や病気によって枯れてしまったりする。

とても根気のいる作業の繰り返し、時にはどれだけ手をかけてもどうしようもないことすらもある。

『もし、スキルという種を蒔き、ステータスという作物を収穫しているとしたら』

「……グリード」

『ここが、この世界が収穫した魂を集めて保管する場所だったとしたら』

武人と魔物がスキルで戦い、レベルを上げて、ステータスを加算させる。その行為が作物を育てることと一緒だと!?

生き物ならいつかは死ぬ。魔物との戦いとか、寿命や病気、不慮の事故。例を挙げればきりがない。死んだ後、スキルは鍛えられたステータスと共に魂という器に入れられて、ここへ集まる。そして保管され続けて世界は肥大化していく。

『彼の地への扉が開こうとしたことで、僅かな魂が逆流してしまい、蘇りなどいう現象を引き起こした』

「つまり、それって」

『開ききった今、本来の流れに戻ろうとしている。それも扉が開いているだけに驚くべき勢いを持ってな』

グリードの言うとおりだった。

今まで流れのなかった世界に変化が訪れ出す。魂たちが吸い寄せられるようにゆっくりと動き始めていた。

『行くか。この流れの先にライブラ、そしてロキシーもいるはずだ』

「ああ、進もう」

俺は黒剣を強く握りしめて、魂たちが集まる中心地を目指す。ふと、脳裏を過った無機質な声のことが気になった。

なぜ、この世界に囚われかけようとした俺を呼び覚まそうとしてくれたんだろうか。いつもなら、暴食スキルの発動を知らせるときだけしか喋らないはずなのにさ。無機質な声については、暴食スキルの深淵を覗いた今でも謎のままだった。この声は一体どこから来ているんだろうか。

第31話　魂の逝く先

先に進んでいくと、いくつもの巨大な瓦礫が宙に浮いていた。見た目からガリアの建物と思われる。

不安定な世界のためか、突然目の前に底なしの大きな亀裂が生まれたりする。それを回避するために、浮遊する瓦礫は役に立つ。

一番大きな瓦礫に飛び乗りながら、先を見渡す。魂たちが地平線の向こう側を流れている。その光景は真っ赤な世界に鮮やかな色々となって彩る。魂たちが触れ合うと青や黄、緑など多種多彩な光を放つようだ。それが集まって、密集していくと触れ合う機会が増えて、より強くより彩り鮮やかな色となる。

地平線の向こう側からそれが交ざり合い、虹を作り出していた。

真っ赤な世界にかかる巨大な虹は、俺の世界ではありえない光景。そのためか、思わず見入ってしまうほど幻想的だった。

「この瓦礫は以前の戦いで？」

『そうだ。開きかけたところで止められたが、多くのものを呑み込んでいった』

「なら、今回は？」

『開ききってしまえば、これらとは違うものを取り込むだろう。本来の収穫すべきものをな』

　種(スキル)を蒔いたなら、育った作物(ステータス)は収穫しなければならない。通常ならゆっくりと時間をかけてスキルが成長するのを待ち、命を失ったときに受け入れる。自然任せだったものを強制的に行うということだろうとグリードは言う。

　死んでなくても、魂をここへ。

『今は元々この世界に集まった魂がある。この流れが終われば、次は外から取り込み始めるだろう』

「本当なのか？」

『今まで俺様が言ったことはミクリヤの仮説だった。この現状の合致からどうやら本当だったみたいだな』

　ミクリヤ？　たしか……ケイロスと親しい間柄だった研究者の女性だったはず。

　過去に囚われたマインを助けるために、彼女の精神世界に潜ったときだ。

道中でケイロスの助力を得たのだが、偶然にもその過程で彼の断片的な記憶を垣間見てしまった。その際に知ったのがミクリヤだ。ミクリヤは彼の地への扉について調べていたようだった。

ケイロスの記憶では、ミクリヤは彼の手によって死んだようだった。しかし、ミクリヤの魂は暴食スキルの中にはいない。

もう一度感覚を研ぎ澄ます。だが暴食スキルの中を覗いてみても彼女はいなかった。

「彼女は今どこに？」

『ミクリヤは暴食スキルに喰われることはなかった。自ら命を絶つことで彼の地へ旅立った』

「自ら？」

『ああ、そうだ。理由は二つあったようだ。暴食スキルに取り込まれることはケイロスの本意ではなかった。だから、彼女は自ら死を選んだと思っていた。しかし、彼女はわかっていたのかもしれない。この時が来ることをな』

「この光は……」

他の魂とは違った色が俺の元へやってきていた。流れに逆らいながら、俺の周りをくるくると飛んでみせる。

俺の中にいるケイロスの声が聞こえた。

(ミクリヤか……このような形と場所でまた出会えるとは)

ケイロスの言葉に呼応するかのように、金色の魂が光を放ちながら、人の姿を成していった。

「暴食さん。こんにちは、私はミクリヤ」

「こんにちは……」

まさか話をしている噂の人が目の前に現れるとは……。俺の中にいるケイロスも驚いているようだった。

呆気にとられていると、ミクリヤは困ったような顔をしながら説明する。

「ごめんなさいね、ケイロス。こうするしかなかったの。やはり私たちでは、肉体を持ってここへは来られない。代わりに魂だけでここへ来られた。そのおかげで色々と研究を進めることができたわ」

「研究のために⁉」

そのために死んだのか⁉　研究者は変わり者が多い。俺の知り合いであるライネも研究のためなら、なんでもやりかねない人だ。近くにいるとハラハラさせられることが山ほどあった。父親のムガンは、そのたびに胃に大穴を開けていたほどだ。

ミクリヤはそんなライネよりも、さらに生粋の研究者の気配を感じさせる。

「そうよ……なんて言うとでも思った。さすがにそこまでしないわよ」

「こんなところまで来て驚かせないほしい……」

「私はあなたを待っていたの」

「俺を？」

「ええ、私はそのための保険。いつかは来るだろう……ケイロスの後継者のために。あなたの名前を教えてもらえるかしら？」

「フェイト・バルバトス」

「なるほどね。ディーンは息子の名前をそう名付けたのね。フェイト……まさにピッタリの名前ね」

「父さんを知っているのか？」

下の名前で父さんを呼ぶほど親しい仲だったということは推測できる。聖獣人である父さんと大罪スキル保持者であるケイロスの知り合い。

ミクリヤは俺をまっすぐに見つめながら言う。

「私も聖獣人だからよ。って……なんだ、驚かないのね。残念」

「そうなんじゃないかって思っていたから」

「なら話は早いわ。死んで魂となった私は聖刻に縛られてはない。体に刻まれたあれは魂までは及ばないことが証明された。死んで自由になるなんて不思議な話ね」

死んでいるというのに、ミクリヤはどこか清々しい顔をしていた。父さんが聖刻から解放されたときに見せた顔とよく似ている。

それほどまでに聖獣人にとって聖刻という天啓は、絶対的な存在なのだろうか。

俺にはその天啓は発現しない。おそらくそれを担っているのはもう一人の自分。あいつが聖獣人としての力を受け継いだ。そして俺は人間として暴食スキルと交ざり合ってしまった。

この瞬間も暴食スキルの中で、もう一人が俺と取って代わるために、虎視眈々と機会を狙っていることだろう。

ミクリヤは先程とは打って変わり、悲しそうな顔を俺へ向けた。

「フェイト、もしこの全てのことが予定調和の枠の中だったとしたら、あなたはどうする？」

「ケイロスの戦いから、これまでの全てがそうだと？」

「ええ、そういうことになるわね」

「ここであなたと話していることすらも？」

「私は小さな抵抗に過ぎない。この程度で決して覆すことはできない。堰き止められたところで流れを止めない限り、いつかはまた溢れ出す。単に時間稼ぎしているのと同じ。私たちはそういうものと戦っている」

魂たちが流れていく方角を見ながら、ミクリヤはそう言った。

「それでも俺は最後まで戦うよ。たとえケイロスと同じように時間稼ぎになったとしても、次へ繋ぐことはできる。もし俺で駄目でも次に託せる」

ケイロスから黒剣グリードを託されたのと同じように、いつかは俺にもその時が訪れるはずだ。

「ある人と約束をしたんだ。必ず戻ってくるってさ。ライブラを止めて、ロキシーを連れて元の世界に戻るよ。不可能だったとしてもね」

王都で待っているアーロンの顔を思い浮かべる。彼は王都を守るために戦い続けているはずだ。

魂の収穫が王都まで及べば、帰ることすらもできなくなる。どちらにせよ、ここまで来て後戻りなどできない。

「あなたはケイロスによく似ているね。安心したわ」

「俺がケイロスに？」

全く別のタイプに思えるけど。グリードにも聞いてみるが同じ返事だった。

『よく似ているさ。諦めの悪いところがな』

「そのとおり！　どのような状況でも抗おうとするところが特にね」

「あの……それって褒めているのかな？」

「私もそれを見習って、ここで待っていたのよ。ずっと、待ちくたびれるほど、ずっとね」

ミクリヤはゆっくりと手を上げて、俺の額に手を当てた。

「ここで得た魂の知識を使い、魂を組み替える。あなたの枷(かせ)を取り払う」

「枷？」

「人間であり暴食スキルと交ざり合ったあなたと、聖獣人としてのもう一つのあなた。人間、大罪スキル、聖獣人を持って生まれてきたイレギュラー。それ故に、一つであるべきなのに世界のシステムから外れていることで、本来の力が発揮できていない。私の魂を使って補完する」

ここまで来て、ミクリヤを止めることはできない。

果たして俺はもう一人の自分と、統合できるのだろうか？　とてもじゃないが、あいつとまともな話ができるとは思えなかった。

第32話　黒き翼

ミクリヤが形を失っていく。代わりに俺の周りに彼女の魂の欠片が渦巻いていった。

どのようなことになるのだろうかと見守っていたが、どうやら俺の魂の再構成は思っていたよりも優しくはなさそうだ。

彼女の魂の欠片が針のように鋭くなる。

「まさか……それを」

予想は的中。

数え切れないほどの針となった魂が俺の体に突き刺さる。痛いというレベルを超えて……苦しいっ。

体の表面から内臓までグッチャグチャに掻き回されているようだ。

まさに一度壊して組み直す。魂の痛みが、体にもちゃんと反映されており、暴食スキルの飢えとは別種のヤバさだった。そして魂の変化は、体にも起こる。

背中にある出来損ないの翼が、上着をビリビリと破って成長を始めていった。二枚の翼が勢いよく天に伸びるかのように大きく広がった。

漆黒の綺麗な二枚の翼。そう思ったが、続いて下に二枚の翼がついてきた。出来損ないの翼は元々二枚だったのに、生えてきたのは四枚だった。

天使化したロキシーとお揃いの四枚の翼。色が真逆の漆黒なのは、父さんの息子である証拠だろう。

「あれっ、俺が俺のままだ」

精神は何も変わってない。もう一人の自分はどこにもいなかった。

(もう一人のあなたは一つになることを望んでいなかった。私はその道を繋げただけ。ここからは、あなたが行うこと)

「ミクリヤっ」

(大丈夫。あなたならできる。だって、元は一つの存在だったのだから……もう一人の自分を信じてあげて)

「俺とあいつがわかり合えるとは……」

(私もケイロスと同じようにあなたを見守るわ……さあ、その翼で先を急ぎなさい。すべてが終わってしまう前に……)

ミクリヤの声は聞こえなくなってしまった。だが、まだ彼女の魂の温もりは、俺の中に留まっている。それが彼女の言葉を証明していた。

『行くか、フェイト』

「ああ、この翼で」

四枚の翼を大きく広げる。その時、僅かだが頭に痛みが走った。

まるで俺にもう一人の自分が反抗しているかのような感覚だ。いや、まさにそうなのだろう。

それでも、翼は動かせる。悪いがお前の聖獣人としての力を使わせてもらう。

翼を羽ばたかせると、足は地面を離れた。不思議と飛び方がわかってしまう。これは本能的と言うべきか。

鳥が飛び方を教えてもらわずとも、羽ばたけるように俺もどうするべきかを体がすでに理解しているのだ。

『飛べるのか？』

「当たり前さ」

一気に駆け上がる。体の重さを瞬く間に感じなくなり、風と一体化しているかのようだ。

進むべき道は、地平線の向こう側——魂たちの終着地。建物の残骸を縫うように飛んでいく。

もっと速く……もっと速く、速く。

建物の残骸を抜けた先、渦巻く魂たちが現れた。本来の流れから外れて、違う流れを生み出している。近くに通り過ぎようとした魂をそれは呑み込んでいく。

その中心では、ブラックキューブが高速回転していた。更にその渦を生み出しているブラックキューブは一つではなかった。

「あれは⁉」

『何かは変わらんが、嫌な気配だ』

「ライブラが仕掛けた足止めか……チッ」

『だろうな……来るぞっ！』

ブラックキューブをコアとして、魂たちを素材に形作られていく。

実体を持たない物――赤く透明な魂を血肉とした魔物。

『醜く悍ましい姿だ』

「魔物の魂を寄せ集めたのか……」

一匹一匹が不規則で決まった形などない。魔物のコアを中心に集めて、無理やり繋げた姿だ。

だから、頭も手も足も胴体も、何もかも無数にある。

それでも、様々な目のすべてが俺を見ている。戦うべき、倒すべき相手は統一した認識であるかのようだった。

俺は黒弓に変えて、魔矢を放ち牽制をする。

「チッ」

『相手は魂だ。実体がない』

「つまり、攻撃は効果なしってことか?」

『みたいだな。なら、それを構成しているコアを破壊するべきだが……』

ブラックキューブは黒剣と同じ破壊不能属性。

そんなコアを壊せる方法があるとしたら、あれしかない。

「第六位階の奥義……リボルトブリューナクしかない」

『しかし、お前のステータスを著しく低下させるだろう』

ライブラと戦う前に、それはできない。ここでそれを使えば、残されたステータスではライブラに手も足も出ないだろう。

おそらく……ライブラはそれがわかっていて、このような魂の魔物たちを用意していた。

魂の魔物は見える範囲で数えただけも、30匹以上はいる。背後からも気配を感じる。まだまだ多そうだ。

　全方位で取り囲まれているというわけか。

「死んだ後、魂になってまで……こんなふうに使われてしまうなんて」

『……フェイト』

「悲しいよな」

　魔物に対して哀れんだのは初めてかもしれない。祖を辿れば、あの魂たちは人間だったという。

　スキルという種を植え付けられて、魂が耐えきれずに人の形を崩した存在。芽吹いた種によって、魂は変異してしまいそれに見合った姿に変わり果てた。人としての魂——心を失い、スキルに順応できた人間への憎しみだけが残ってしまった。

　人の世界は持つ者、持たざる者というスキル至上主義で途轍もない格差があった。しかし、それらよりも魔物と化してしまった人たちが一番の被害者なのかもしれない。あの魂の魔物たちには、そのことすら理解できる心を持ち合わせていないだろうが……それでも。

『来るぞ！　どうして動かないっ』

　グリードの声を無視して、俺は襲いくる魂の魔物たちを見つめていた。

　あれは生身の生き物とは違う。相手が肉体から解き放たれた魂なら、暴食スキルの力で喰らうことも可能なのではないか。

そして、暴食スキルと同化している俺なら、それ以上のこともできる気がする。この魂に満ちた世界に来て、更にミクリヤという助力を経て、何か今までにない感覚を得つつある。

そう思うと、目の前に迫る一匹に手を向けていた。触れた瞬間、頭の中で無機質な声が聞こえた。

途端に魂の魔物は四散して、ブラックキューブのみが残った。そして、解放された魂たちは、地平線とは逆の方角へ旅立っていく。

『フェイト。暴食スキルが発動したように見えたが、何をした？』

グリードの問いに、俺は次々と迫りくる魂の魔物たちを解放しながら答える。

「魂は喰らわずに、スキルとステータスのみを喰らってみたんだ」

『器用なことをやりやがって』

魔物になってしまった原因を作ったのはスキルだ。そして、ステータスもスキルが育てた副産物。

魂に影響を与えるこれらのみを取り除けたら、力を失ってブラックキューブの束縛から解放されるかもしれないと予想した。もし、そうならなくとも、力のない魂なら驚異にはならないだろう。

『魂からスキルとステータスのみを喰らえるか。ならば、あれらすべての魂から力を得られたら』

「それは無理だよ」

『なぜだ？』

「同意がなければ喰らえない……みたいなんだ」

俺を襲ってきた魂の魔物はブラックキューブに無理やり戦わされただけ。

確かにあの魂の魔物たちは、憎しみの目をしていた。しかし、それと同時にあの目は暴食スキルに囚われた亡者たちによく似ていた。

救いを求めていた。

俺は喰らうことで魔物の重荷を取り除いただけだ。それがつまりスキルとステータスということになる。

「この力が何を示しているのかは、まだわからないけど」

スキルとステータスを喰らった魂たちは、やはり流れに逆らって俺たちがやってきた方角へ飛び立っていった。

それを見ていたグリードが頷く。

『なるほどな……お前は魂の解放をやってみせた』

「魂の解放？」

『覚えているか？　緑の大渓谷を』

ガリアの魔物がこぞって死に場所を求めるように集まってきていたところだ。あそこには大昔から数え切れないほどの魔物たちが眠りについていた。

第33話　最後の使徒

地平線へ向けて逃げていくブラックキューブたち。

それを追いかけながら、俺はグリードの話を聞いていた。

『緑の大渓谷はケイロスとライブラが最後に戦った場所だった』

「やっぱり……そうだったのか」

あそこだけ、ガリアではありえない光景が広がっていたからな。普通じゃないってことくらい、初めて訪れたときから思っていた。

『そして、ケイロスが暴食スキルに呑み込まれた場所でもあった』

どこか、悔しそうに言うグリード。その言い方から、あまり思い出したくなかったのだろう。

それでもグリードは、良い機会だと言って教えてくれた。

ケイロスが暴食スキルに呑み込まれながら、放った最後の斬撃によって緑の大渓谷が生まれたのだろう。その力によってライブラに致命傷を与えて、更には不思議な現象を大地に刻み残した。

草木が生え、そして魔物たちが救いを求めるように集まりだしたという。それは俺も目にしており、今も尚継続していた。

俺の中にいるケイロスと繋がったことで、魂の解放という力が使えるようになったのだろうか。

『ケイロスからはどうだ？』

「いや、何も……」

ケイロスに問いかけてみたが、返事はない。それにラーファルの気配もない。

この世界に来てから、彼らが俺を見守っていてくれるような感覚はなくなっていた。何かが阻害しているように思えた。

『声が聞こえないのか』

「ああ。魂の解放について、グリードが他に知っていることは？」

『俺様がわかるのは一つ。その力がライブラに対抗できる唯一の手段だった』

ライブラに魂の解放しか通用しないのか？　ならギリギリで習得できて良かったと、安堵しているとグリードに笑われてしまった。

『それはケイロスが使ったものだ。お前が同じにならなくてもいい』

「グリード……」

『この力は確かにライブラに通用した。しかし、倒す決め手には至らなかった』

　ここが一番重要だとグリードは静かに言う。

『ケイロスもお前に期待しているのさ。あいつは色々と手を焼くくせに、大事なことは伝えない。なぜだか、わかるか？』

「それって、俺たちのことを……」

『信じているのさ』

　グリードにとっては、柄にもない言葉だったためか、少しだけ照れくさそうだった。

　死を司る黒天使になった父さんとの戦いでは、ケイロスの助力を得た。それはどうするべきかを教えるものではなく、俺たちにとって進むべき道を導くようなものだった。グリードが言うとおり、そういう人なのだろう。

『とうとう……見えてきたな』

「あそこが、世界の中心」

　グリードも俺と同じく、初めて見る場所。

　太陽のように燦々と光り輝く。それなのに不思議と眩しくない。流れ着いた無数の魂たちがその巨大な光の玉に吸い込まれていく。

そのたびに表面に波紋と魂の赤い色が混ざり込む。しかし、黄金色の方が勝り、魂の色は失われてしまう。その様はまるで、存在すらも否定されて、部品のように扱われているようだった。

暴食スキルに喰われた魂たちでも、あのような扱いはされない。一つ一つの個としての存在を許されていた。

「どれほどの魂を得て、こんな大きさまで成長したんだ」

『四千年ほどかけて少しずつだな。俺様たちの想像を超えているのは確かだ』

近づけば近づくほど、その大きさに圧巻される。空に浮かぶ二つの月を間近に見たことはないが、もしできるのならこれほどの大きさなのかもしれない。

「なあ、グリード」

『どうした』

「もしも、この月みたいなこれを喰らったとしたら」

『バカなこと……どうなるかはお前自身が、一番よくわかっていることだろうに』

呆れているようで、どこか心配しているような声でグリードは笑った。

『フェイト、準備はいいか？　ご登場だ』

黒剣を握りしめながら、グリードに促されて目を向けた先に。

太陽にあるという黒点のように、巨体な魂の塊を背景にしてポツンと人影があった。

数は二つ。一つは磔にされたロキシー。そして、横には目を瞑り、静かに事の始まりを待つライブラだった。

すでに彼は俺たちのことをわかっているはずだ。なぜなら、ブラックキューブを使って俺たちの足止めをしたくらいだ。

逃げ帰ったブラックキューブたちが彼の周りを漂っているし。

ならいっそ、こちらから……。

「ライブラっ！」

名を呼ばれて彼の口元が緩んだ。

そのまま慌てることなく。ゆっくりと目を開けて、目の前にいる俺を見つめた。

名前を呼ばれても、攻撃をしてこないことがわかっていたようだ。

「やあ、待っていたよ。どうだい、この世界は？　ここまで絶景だっただろ？」

「何をしようとしている？　ロキシーを解放しろ」

「同時に二つを聞かれると、困ってしまうな」

この……ここまで来て、飄々としやがってっ。

「そう怒らない。いいよ、まずは彼女を解放しよう」

ニヤリと笑ってライブラが指を鳴らす。途端に、ロキシーを磔にしていた十字架の形をしたものは、跡形もなく砕け散った。

「ロキシーっ!!」

抱きかかえて、様子を窺う。しかし、気を失ったままだった。

「約束通り、解放はした」

「お前……ロキシーに何を！」

「僕はただ彼女の中にいるスノウに命令しただけさ」

「まさか」

「ああ、目覚めることのない眠りを与えた。スノウの力を借りたことで、彼女は聖刻に縛られている。同化して聖獣の力を得て、強くなれてもちゃんとリスクはあるのさ」

ライブラは眠ったままのロキシーに目を向ける。そして、次に俺をしっかりと見つめた。

「代償を払い続けてきた君ならわかるだろ。決められた力以上を得ようとすれば、そうなっている。この戦いにも、本来意味はない。ミクリヤから聞いただろ。すべては予定調和だと。そのような継ぎ接ぎだらけの姿になって、僕の前に立ったところで決められたものは変えられない」

ロキシーを抱き寄せて、黒剣をライブラに向ける。それでも、彼はブラックキューブを好きなように漂わせたままだ。

「僕はこれを守るために生まれてきた」

ライブラの後ろにある黄金色の巨体な球体を指差しながら、

「やっと現物を見られて良かった。守るべきものがどのようなものなのかがわからない……なんてやはり辛いものだからね。僕も他の聖獣人と同じように長く生き過ぎてしまったようだ。人の姿を捨てて、聖獣としてだけ生きられたなら楽だったかもしれない」

「ライブラ……お前は」

満足そうな顔で頷いていた。

「思ったとおりだ。綺麗で素晴らしい。……守る価値がある」

「それはなんだ。お前が守るそれは？」

「神さ」

「えっ……この球体が」

「正確には神だったと言うべきか。皆等しく、神に祝福されているのさ。スキルを与えられて、レベルを上げ、ステータスを育む。死して、それは魂と一緒に神の御許(みもと)へ帰る。もとは与えてもらった力だ。ちゃんと贄として還さなければいけない」

「なぜ、与えられるスキルに違いがある？」

「わかっているだろ。魂の耐久に依存するからさ。強い魂には強いスキルを。弱い魂には弱いスキルを。君が言う持たざる者にもちゃんと役目がある」

ライブラは口を開けて咀嚼（そしゃく）する真似をしてみせた。

「魔物の餌だ。魔物がレベルを上げて、ステータスを育てる糧となってもらうためさ。初心者の武人は、まずゴブリンから狩ってレベル上げをしていくだろ。それと同じさ。魔物もまずは弱い人間を喰らって強くなっていく」

「そのためだけの存在なのか」

「フェアじゃないだろ。そうしないと一方的過ぎる。もとを正せば、魔物も人間だったし。大きな枠組みでは人間同士の殺し合いさ。君たちは同族で争い、殺し合うのが好きだろ。こうして見た目を変えてやれば、なお一層だったわけさ」

漂う人間の魂と魔物の魂を捕まえて、二つにさほどの違いはないとライブラは見せつけてきた。

「初めは人間の魂だけだった。しかし魔物の魂を得たことで、スキルに多様性が生まれてきた。そこから得られるものも必然的に増える」

捕まえた二つの魂を黄金色の球体へ投げ込む。魂の色が滲んだが、すぐに元の黄金色へと戻った。

　それを微笑ましそうにライブラは見届ける。

「それでもまだ早い。その上で扉を開け、ここへ君を招いた。その意味がわかるかい」

「とてもじゃないが、歓迎されているとは思えない」

「察しがいいね。君にはここで永遠に眠ってもらう。特等席だよ……神の御許という」

　先程までライブラの周りを浮遊していたブラックキューブ。

　それが意思を持ったかのように、各々が規則正しく動き始めた。

「すべてが予定調和だと言うのなら、僕の好きにさせてもらおう。暴食だけは二度と元の世界に現れないようにしないと。同じ轍を踏まないようにしているんだ。そうしなければ、僕の前にいる君のように新たな力を得て、何度でも現れるからね」

『フェイト、来るぞ』

「わかっている」

　このプレッシャーは、父さんの比ではない。死を司る黒天使には、まだ俺への甘さがあった。

　雑味のまったくない殺気とでも言うべきか。ライブラの表情は未だに変化していないというのに……。

そのギャップが得体の知れない底深さを俺に印象づける。

「それにね。聖刻が戦えと言っている。君はやはり危険な存在だ」

ライブラの顔に描かれた紋様が、真っ赤に輝いていた。

第34話　神の御許

燦々と照らされる……この明るい世界では暗闇など存在しているはずがない。

すべてが神の御許において明るみに出てしまうかのように、光の強さが増していく。それは魂の収穫の始まりを告げようとしているようだった。

「開かれてしまった以上、一度リセットするべきか。次は邪魔者がいないだろうし」

ライブラは神と呼ばれた者を後ろにして、手を高く上げた。そして俺に向けて振り下ろす。

途端にブラックキューブが周りの魂たちをまたしても取り込み始める。

『フェイト！』

そして魂の魔物となって、襲いかかってきた。これなら、魂の解放でかき消してやる
……と思ったが、ニヤリと笑みをこぼすライブラが目に入った。

「これには無理だ」

『どうした？』

ロキシーを抱えながら、魂の魔物たちを躱していく。間近に見ることで実感できる。

この魂たちとはわかりあえない。

「言っただろ。僕は同じ轍を踏まない。この魂は僕の完全なる制御下にある。戯れにエリスを生み出したときの実験が、役に立つとはね。すべてが終わったら、彼女を褒めてやらないと」

「ライブラっ！」

「おお、怖い。君が悪いんだよ。父親を優先した君がね。約束は残念だけど反故だ」

「エリスはお前のものじゃない」

「そう、物だ。所有物を譲渡してやるチャンスを与えたというのに」

魂の魔物たちが俺を取り囲む。逃げ場なし。

「暴食スキル保持者が、貪り食われる様を見てみたかったんだよ。安心しな、抱えている彼女も一緒だ。せめてもの手向けとしてね」

「この……」

ロキシーを抱えているのをいいことに、やりたい放題だな。こうなることがわかっていて、わざと彼女を解放したのだろう。

『一撃で決めるしかないぞ』

「もう、あれしかない」

だが一抹の不安がよぎる。ライブラは同じ轍を踏まないと言っていたことだ。

俺は黒剣から素早く黒槍へと変える。

それでも、これしか今はない。

「持っていけ、俺の力を」

『いただくぞ、お前の力を』

黒槍は俺のステータスを糧に成長していく。より禍々しく、より鋭く。投擲武器としてこれ以上にない形へと変貌する。

この第六位階の奥義《リボルトブリューナク》を発動。渾身の力を込めて、放つ。

消滅の黒槍なら、たとえ破壊不能属性のブラックキューブでもひとたまりもない。行く手を邪魔をするように魂の魔物が立ち塞がる。しかし、コアとなっているブラックキューブごと消し飛ばす。

そのたびに、無機質な声がステータス上昇を教えてくれる。更にスキルの所得すらも、いつものように淡々とした声で繰り返した。

ステータスはありがたいが、これらのスキルではライブラに届かないだろう。それでも名前も知らぬ人たちが大事にしてきたものだ。大事に使わせてもらう。

「いけぇっ、グリード！」

今度はどうなる。ロキシーという盾はない。

凄まじい衝撃波が駆け抜けていった。

消滅の黒槍《リボルトブリューナク》が止められてしまったことを示していた。ブラックキューブではそのようなことはできないはず。

それが可能だとしたら、《リボルトブリューナク》とぶつかり合う……武器の姿を目に捉えたときにすべてを理解した。

「まったく同じ姿をしている……」

第六位階の奥義であるグリードの姿と瓜二つだった。そして能力も同じで、消滅。

拮抗した互いの奥義に決着はなかった。力を出し切り、浮遊している二つの黒槍。

その一方に声をかける。

「戻れ、グリード」

雷のように鋭い軌道を描いて、俺の手元へ。

『まさか俺様に化けるとはな』

「あの余裕が理解できただけ、収穫さ」

ライブラの手に戻った黒槍は、ブラックキューブへと変化した。

あれはそういう使い方もできるのか⁉　俺の心を読むようにライブラは口を開く。

「これだけではないよ。ほら、こういう形も、さらにこれも。まだ見るかい。すべてを見る頃には君はどうなっているだろうね」

黒槍だけはない。黒剣、黒弓、黒鎌……俺が解放してきたグリードの姿を模倣してみせた。極めつけには、黒斧や黒銃剣までもだ。

「これらの武器は誰が作ったのか。考えたことがあるのかい」

武器は人ではない。生まれてくるわけがない。ライブラが言ったように誰かが作製しないといけない。

「強い武器を持てるのが自分だけなんて、驕(おご)り高ぶるのは愚か者がすることだ。しかし、良いデータをもらったよ。この黒槍は素晴らしい。ヴァニティーとは大違いだ。これぞ、黒槍のあるべき形」

「それを扱うには、相応の対価が必要なはずだ」

奥義には大量のステータスを消費する。それは戻ることはない。

慎重そうに見えるライブラが、そのような大きなリスクを易々と取るとは思えなかった。

「何を言っているんだい？　こんなにも、溢れかえっているじゃないか」

漂う魂たちを取り込みながら、言ってみせた。

バカなっ⁉　それは神への贄だと言ったはず。それを奪うことがライブラに許される行為なのか？

ライブラは自身の顔に浮かび上がっている赤く光る聖刻を指差す。

「神は許してくださっている。大事の前の小事。また育てればいい。君のような器用なことはできないから、魂ごと消費さ。代わりならいくらでもある。見ろよ、あの魂の大群を！　逆流していた魂が戻ってきた」

俺が来た方角から、新たな魂の波が押し寄せようとしていた。

「さて、何で消し飛ばそうかな。リクエストがあれば言ってくれたまえ」

「くっ……」

いくつかの魂の魔物は消滅させたが、全てではない。今も尚、俺に襲いかかっている。

掻い潜りながら、ロキシーの様子を窺う。一向に目覚める様子はない。

守りながら戦うには相手が悪すぎる。せめて、目覚めてくれたら……。

頭上からは、黒い稲妻がいくつも降り注ぐ。見上げれば、ライブラが第二位階の奥義《ブラッディターミガン》を放ってきていた。

すんでのところで翼を羽ばたかせて回避するが、左肩を射抜かれてしまう。体を穿くような痛みが走り抜けた。ただの痛みではない。この感覚には覚えがある。精神世界でグリードやルナと修行していた際と同じだ。

あのときにグリードは言っていた。魂への攻撃を受け過ぎると心が壊れてしまうと。

ライブラは俺の肉体だけでは飽き足らず、心までとどめを刺そうとしている。

遊んでやがる。《ブラッディターミガン》の雨霰(あめあられ)だ。

「ロキシー！　ダメか……。スノウ、応えてくれ」

その時、魂の大群が波となって俺たちの前に現れた。駆け抜けていく魂たち。これはライブラが言っていたことを信用すれば、現世に逆流していた魂たちのはず。あまりの多さに、目の前の視界すら確保が難しいほどだ。

黄金色の球体へ飛び込んでいく魂たちの中で、たった一つだけ向きを変えたものがいた。それは温かそうな光を放ちながら、ロキシーの周りを飛んでいた。

俺はその魂に引き寄せられるように触れた。

「フェイト・バルバトス。このような形で、このような場所で、また再会するとは……」

「メイソン様⁉」

「死んで生き返り、また家族に会えた。心残りはもうない。しかし、まだ魂に戻っても意識がある。これもまた奇跡なのか……それとも……。フェイトよ、力を貸してくれないか。

娘の魂は囚われている。因果なものだな……このような姿になってしまったから、わかってしまうとは」

「……俺はどうすれば」

「私の魂をもって、君を娘の魂に導く」

「そんなことをしたら……メイソン様は？」

「大丈夫だ。私はすでに死んでいる身。娘のためとならば、この魂など」

メイソン様の決意は固かった。

グリードも今はそれしかないだろうと言う。彼もまた同じようなことをしたことがあるから、その言葉の重みが違った。

『お前がロキシーの魂に入り込んでいる間は、俺様がなんとか時間を稼いでやる』

「それって」

『クロッシングだ。時間がない、行くぞ』

グリードは一方的に俺と同化してくる。俺ははじき出されるように魂だけとなり、メイソン様に導かれてロキシーの中へ飛び込む。

残されたグリードは俺の体を使って、柄にもなくウインクをして、任せておけと言っているようだった。

ロキシーの中へに入り込むと、メイソン様の魂が砕け散る音がした。そして、彼の最後の声が聞こえた。

「娘を……ロキシーを頼む」

第35話　ソウルダイブ

淀(よど)みなく澄んでいた。ずっとここにいられたら、幸せなのだろう。

穏やかな風が吹き抜ける草原に俺は立っていた。今まさに夕日が地平線の向こう側へ沈み込もうとしている。

この陽の光によって淡く輝いている草の穂たちにも、等しく真っ暗な世界がやってきてしまう。

ロキシーの世界が闇に閉ざされつつあった。

「いるんだろ、スノウ」

俺の問いかけが、風に運ばれて遠くに流れていく。それに呼応するかのように、空間が歪んだ。

そこから現れたのは、やはりスノウだった。しかし、違うのは大人の姿だ。

これが本来の彼女なのだ。顔は聖刻の紋様で赤く染まっている。つまり、ロキシーの精神への干渉は彼女自身ではどうにもならないことを意味する。

「やっとちゃんと話せるね……フェイト」

「どうしても、ロキシーを解放できないのか？」

「無理。わかっているでしょ」

スノウはそう言って自身の顔を指差した。真っ赤に染まった聖刻がより一層輝いた。

彼女はおそらく聖刻に抗おうとした。しかし、それを抑え込められたように見えた。父さんも同じだった。

そうなると方法は……。

「私を殺すしかない」

「やめてくれ。もううんざりなんだ。大切な人と戦うこと……殺し合うことに」

「それでも……大丈夫。私もすでに死んでいる。それに私は罪の報いを受けなければいけない。今のフェイトは、その理由を思い出したのでしょう？」

「……スノウ」

お願いだから、父さんと同じことを言わないでくれ。

「みんな、なんで死にたがるんだ⁉　一度死んでしまったら、そうなってしまうのか」

スノウは微笑むばかりだった。

「暴食スキルで私を喰らって、さあ」

父さんにしたことを繰り返したくはない。

なんでだよ。メイソン様も……ミクリヤだって……母さんだって……。どうして、そんなことを進んでしてしまうのか。わかっているさ。俺だって、ガリアでロキシーを守るために天竜と戦ったときの思いと一緒なのだろう。

それでも、心が受け付けないんだ。どこか、スノウの声がずっと遠くから聞こえているかのように感じてしまう。

ずっと近くに彼女がいるというのに……。

スノウは目線を地平線へ向けて言う。

「先に進むためには必要なこともある。陽が沈みきってしまう前に」

「……こうするしかないのか。本当にこうしてしまうしかないのか?」

「ロキシーが帰ってこられなくなってしまう。私が彼女への干渉で動けないうちに」

一歩一歩進んでスノウの前まで来て、彼女の顔を見つめる。思い出してしまった幼い頃の約束。

この記憶は、もう一人の自分が俺から奪って持っていたものだ。あのときの俺は母さんがいなかったため、寂しかったのだろう。

なんて、お願いをしていたのだろうか。それとも、本能的にスノウの聖獣人としての力を感じ取り、近親間のようなものを抱いてしまったのかもしれない。

「スノウ……」

彼女の頬に触れる。ほんのりと温かく、紛れもなく生きていることを感じさせた。

「時間がない。早く」

確かに彼女の言うとおりだ。喰らってしまえば、ロキシーから強制的に分離できる。早くしなければ、ロキシーの精神が持たない。それにライブラと一人で戦っているグリードも心配だ。

しかし、すべてが救われるわけではない。スノウも父さんと同じように暴食スキルに永遠に閉じ込められてしまう。ロキシーがそれを望んでいるとは思えない。

本当に方法はこれだけしかないのか？

スノウのほっそりとした首に手をかける。後は力を込めるだけだった。

彼女は無言で目をゆっくりと瞑る。

（……お前は……それでいいのか？）

どこからか、俺を呼ぶ声がした。それは俺と瓜二つの声色で、重く響くものだった。

聞いたことがある。こいつは、もう一人の自分だ。ミクリヤによって統合されたことで、

聞き取りづらかった声が鮮明となっているようだった。

(その聖刻を俺が引き受けてやってもいい)

今まで表に出てこなかったくせに今更、何を言う。どうせ、裏があるに決まっている。お前は信じられない。

そう言い返すと、もう一人の自分はせせら笑う。

(力が必要だ。お前という枷を打ち破るほどの。聖獣人として力を発揮するために、あれは必須。俺は聖刻を得る。お前はスノウが解放される。悪い話ではない)

お前は聖刻を得たら、俺を乗っ取ろうとするわけか?

(ずっとそうだ。暴食スキルの奥底にたった一人で封じられた苦しみを、お前にも与えてやる)

俺がその取り引きに乗ると思っているのか?

(お前は乗る。大事なものを失うくらいなら)

こいつ……もう一人の自分だけある。スノウの聖刻を得たら、こいつは全力で俺を乗っ取ろうとしてくる。

やっと暴食スキルとの折り合いがついたのに、今度はもう一人の自分かよ。

(準備は整った。聖刻へ触れろ)

父さんが、こいつに気をつけろと口にしていたのを思い出す。こうなることを予期していたのだろう。

選択肢は他にない。俺はスノウの聖刻にそっと触れる。

途端に輝きを増す聖刻。彼女は目を見開いて、俺に向けて何かを訴えようとしていた。

聖刻が砕け散りながらスノウから失われていく。粒子となり舞い上がった聖刻が、水の流れのようにうねり始めた。

それは触れていた右手の甲にめがけて流れ込んでくる。

「くっ」

燃えるような痛みが刻まれていく。スノウの聖刻が完全に俺の右手の甲に収まる。何かを強制される変化があるかと思ったが、特に何もない。聖刻は啓示を受けて、真っ赤に染まっているにもかかわらずだ。

そのとき右腕が勝手に動き出し、俺の首を絞めようとしてきた。咄嗟に力を込めて右腕の進行をなんとか止められた。

もう乗っ取ろうしてきたか。気の早いやつだ。

(まだ暴食スキルに邪魔されるか……少し足りない……残念だ。チャンスはこれからいくらでもある……楽しみだ)

暴食スキルによって、もう一人の自分が抑えられているようだ。もしかしたら、聖刻も同じように暴食スキルによって封じられているのかもしれない。まさか、暴食スキルの加護を受ける日が来るとは……思いもしなかった。

長い間、頑張って付き合ってきた甲斐があった。

一息ついてスノウに目を向ける。彼女は唖然とした様子で、俺を見ていた。

「なんて無茶なことを……」

「でも、なんとかなった」

「はぁ……そういうところは昔から変わらない。私がディーンの死のきっかけを作ったというのに……全部思い出したのでしょ？」

「父さんはスノウを非難しなかった。それに俺が……父さんを」

母さんは俺を産んですぐに亡くなった。そして、父さんはひっそりと山奥の小さな村で俺を育てることにした。

その時は俺（暴食スキル）ともう一人の人格（聖獣人）が共存しているとても不安定な状況だった。大きな都市では、何かあったときに取り返しがつかない被害を出してしまう可能性や、他の聖獣人の追手から身を隠すためでもあった。

「私はディーンの追手だった」

スノウは遠くを見ながら、教えてくれた。

今回のように彼女は聖刻に抗えずに戦うしかなかったのだろう。

「しかし、ディーンとの戦いに敗れてしまった。重傷を負った私を助けてくれたのは、フェイトたちだった」

幼い頃に育った村から離れた山奥。一人で遊んでいると、誰かの声が聞こえるような気がして、迷い込んでしまった。今思えば、もう一人の人格が感じ取ったのだろう。

そのときの俺は、もう一人の自分とうまくやっていたような気がする。父さんは邪悪な存在だと思っていた。だが、俺にとっては兄弟のような存在だった。

もう一人の俺はスノウを見つけると、忙しなく手当をしていた。父さん以外に初めて聖獣人……同族に会えたことが嬉しかったようだ。おそらく、あいつは孤独だったんだと思う。せっかく会えた同族を失いたくない一心で、父さんの目を盗んでは何かとスノウの面倒を見ていた。俺も一生懸命なあいつに、協力していた。

しかし、それも長くは続かなかった。スノウが動けるほど回復をしたときに、父さんに見つかってしまう。

再び起こった聖獣人同士の戦闘。もう一人の俺は止めることもできずに、泣き崩れていた。そして次第に間近で繰り広げられる戦いに感化され、泣き止んだ頃には聖獣人として力に目覚めてしまっていた。

「私はとんでもない者を目覚めさせてしまった」

それは俺が持つ暴食スキルの力も巻き込んで、途轍もない力だったという。

暴走した力はスノウの命を奪い、父さんにも襲いかかった。

「ディーンは自分の命を代償に、もう一人のあなたを暴食スキルに封印した」

そして、俺は一人になった。父さんはずっと側にいてくれたけど、そう長くはなかった。

俺はもう一人の人格と共に記憶の多くを失った。そのため、父さんは怪我が原因で亡くなったと思い込んでしまった。

「もう一人の俺がスノウにお願いしたことを覚えている？」

「不思議なことを言われた。でも今ならわかる」

一緒にいてほしい。この言葉ですべてがわかってしまう。

先程、表に出てきたのも、ちゃんと理由があった。もう一人の俺にとっても、スノウは今も特別なのだろう。

だから、彼女の心を束縛する聖刻を受け継いだ。俺を乗っ取るのは、ついでなのだろう。

スノウは陽の光が差し込み始めた世界に目を向ける。それは、優しく暖かいものだった。

「ロキシーが目覚める」

くのだ。

「スノウ！　体が」

「聖刻を失った今、彼女の力添えは同じようにできない。でも、一つだけ方法はある」

聖刻を受け継いだときに似ていた。スノウの体が砕け散りながら、光の粒子となってい
「まさか……駄目だ。それだと結局スノウが……死んでしまう」

スノウはにっこりと微笑む。それは俺の背中を押すような明るいものだった。

「ロキシーの魂と完全に同化する。大丈夫、彼女は何も変わることはない。この力を彼女だけで扱えるようにする」

「……ありがとう、スノウ」

「私の方こそ。気にすることはない。私は彼女の中で生き続ける」

それは俺だけではなく、もう一人の人格にも言っているようだった。

スノウは光の粒子となって、世界に広がっていく。青々とした草原は彼女の力を得て、次々と花を咲かせる。

世界はより暖かさを増して、安らぎの風が吹き抜けた。陽は昇り切り、曇りなき世界へ。

ロキシーの世界が帰ってきた。つまり、彼女は目覚めようとしている。

俺も戻ろう……ライブラとの戦いが待っている。

第36話　最後の審判

止めどなく襲いくる攻撃の中、俺は意識を取り戻す。ライブラがおもちゃを持った子供のように黒弓で《ブラッディターミガン》を放っていた。

そんな中でグリードが俺の体を操って、ギリギリで回避してくれていたようだった。

『遅かったな、相棒』

「待たせた」

『どうやら、うまくいったようだな』

「ああ……」

ロキシーの心は取り戻せた。しかし、代償もあった。

スノウはもう帰ってこない。俺たちの力になるためにロキシーの心と同化してしまった。

抱きかかえていたロキシーの瞼(まぶた)が僅かに動いた。

「ロキシー！」

「……フェ……イ」

開かれた目尻から涙がこぼれ落ちていく。それだけで、彼女自身に起こったことを理解していることがわかってしまう。

だが、今は悲しんではいられない。それどころか、俺はロキシーに酷なことを聞かなければいけない。

「戦えるか？」

「はい」

淀みなく澄み切った声が返ってきた。さすがだ。俺はそんな彼女の強さに何度も救われてきた。

ロキシーは俺から離れて、白い翼を羽ばたかせる。その数が以前よりも二枚多い。六枚羽だ。さらに彼女が鞘から抜いた聖剣の輝きも違う。

より神々しく輝いていた。グリード曰く、人造聖剣ではなく、より本物に迫った物となっているようだ。その性能は大罪武器に勝るとも劣らない。俺から見ても、ピリピリと肌を刺激してくるほどの力を感じる。

ヴァルキリーとして真の姿となったロキシーは俺に向けて微笑む。頭の上にある天使の輪も俺に語りかけてくれているようだった。

「スノウちゃんからの贈り物です。彼女はいつも私の中にいます。さあ、行きましょう！」

「ああ、いこう。グリードも」

『任せておけ』

黒い翼を力の限り、羽ばたかせる。目指すは太陽のような光り輝く球体の前にいるライブラ。

俺がロキシーを取り戻したにもかかわらず、動じることはない。

相変わらず、余裕だな。まるで、何も感じていないかのようだ。これもまた、ミクリヤが言っていた予定調和の中だからか？

「それでも」

ここまで来てしまったのだ。立ち向かわない道理はない。

もう体は動いている……心も同じだ。俺は、今ここにいて、一人で戦っているわけではない。

ロキシーがいて、グリードもここに。そして、元の世界ではマインやエリスが聖獣たちと死闘を繰り広げているはずだ。

王都を守るために残ったアーロンや白騎士たちだってそうだ。たくさんの人たちから繋いでもらった想いをここで止めるわけにはいかない。

俺たちだけの戦いではないのだから……。

接近する俺たちにライブラが涼し気な顔をしながら、手を上げる。

『仕掛けてくるぞ』

グリードからの忠告。無数のブラックキューブが形を変えていく。その姿は投擲に適した黒槍だった。

あの数で俺たちを串刺しにする気のようだ。

ライブラは無言で手を下ろす。寸分違わず、無数の黒槍が俺たちへ向けて降り注ぐ。

「ここは私がっ」

彼女の名を呼ぶ前に、ロキシーが俺の前に出た。以前に聖獣アクエリアスの天空砲台を退けた際に見せた守護結界を展開する。

いや、あの時よりも高次元のものだ。この暖かな結界の中にいると、不思議と勇気が湧いてくる。

間近に迫る無数の黒槍など気にならなくなるほどの安心感がそこにあった。

この守護結界だけではない。いつだって守られてきた。王都からガリア……今、ここでも。

俺はロキシーを信じている。

「ありがとう、ロキシー」

「フェイ？」

「いつも側にいてくれて」

いくつもの黒槍が守護結界に阻まれて、近づくことすらできない。それは相反するものを遠ざけているかのようだった。

「当たり前です」

予想に反して力強く声が返ってきた。それが嬉しくて、力がみなぎってくる。

このまま一気にライブラまで進んでやる。奴は目を細めながら、わざとらしく嘆息してみせた。

「拒絶の力か……まさか神の守護盾であるスノウまで裏切るなんて。嘆かわしい……御心にお応えできるのは、もう僕しかいないなんて」

「ライブラッ！」

声を張り上げて、名を呼ぶ。すると、ライブラは手で顔を覆いながら、ニヤリと笑ってみせた。

「しかし、守るだけでは何もできないだろ。抗っても無意味だ。君は僕には届かない」

一度、渾身の第六位階奥義《リボルトブリューナク》を放って、封じ込まれている。俺の手にあるのはグリードだけ。

それに比べて、ライブラが持つ黒槍は数え切れないほどだ。

結果が見えている……ライブラはそう言いたいのだろう。

「そっちが来ないなら、決めてあげよう。ここには贄が有り余るほどある。さすがに拒絶の力でも、これを防ぎきれるかな」

「お前……まさか」

「そのちっぽけな武器一つでは再現できないほどの攻撃を……君への最後の手向けとして」

周囲に散らばっている黒槍に変化が起こる。周囲の魂たちを吸い込みながら、より鋭くなり禍々しい姿へ成長していく。

これは……第六位階の奥義であるリボルトブリューナクだ。消滅の力を持つ奥義が、数え切れないほど襲ってこようとしている。

「いくら君でもわかるだろう。一本と無数ではどうなるか？　どうだい、いま諦めるなら彼女だけは見逃してあげてもいい」

俺はロキシーの顔を見た。

「フェイ！」

「ロキシー！」

そして二人で頷き合う。揺るぎない誓いだった。

たとえライブラが不可能だと言おうが、それを決めるのは俺たちだ。決してお前ではない。

そんな俺たちを見て、呆れたようにライブラは言った。

「残念だよ。せっかく与えてやったチャンスを無下にして」

一斉に無数の《リボルトブリューナク》が守護結界に襲いかかった。弾き返せてはいるが、じわりじわりと削られる音が鳴り響く。

ロキシーが守護結界を維持するために更に力を込めるが、消滅の奥義の勢いに押され始めてしまう。

このままでは……たまらず、黒剣を黒槍に変えるが、

「まだ大丈夫です」

いや強がりだ。俺はそんな彼女を守りたくて、旅に出たんだ。そして、こんなにも遠くへやってきてしまった。

できっこない無茶から始まったことじゃないか。なら、今更だな……何を迷うことがあ

るというんだ。

「グリード、いけるか？」

『当たり前だ。偽物などいくらでも蹴散らしてやる。お前のありったけを俺様によこせ！』

「ああ、相棒」

後先など考えない。今ある全てをこの奥義《リボルトブリューナク》へ。

禍々しい姿へ変貌した黒槍をライブラへ向けて、今持ってる力を込めて投擲する。

「フェイッ！」

ロキシーの声が俺の背中を押してくれる。その力も乗せて《リボルトブリューナク》は無数の同じ奥義とぶつかり合った。

しかし、瞬く間に俺が放った《リボルトブリューナク》は呑み込まれてしまう。

ほら見たことかと言わんばかりにライブラが嘲る。

「君は無駄が好きだね」

いやまだ感じる。手から離れても、グリードを感じることができる。奥義は止まってはいない。

相棒が諦めていないのに、使い手である俺が諦めるわけない。

俺に残された力はもう殆どない。それでもグリードの歩みを止めるわけにはいかない。止めたくないんだ。

ロキシーは未だに隙を狙って襲いくる黒槍の防衛で動けない。ライブラは絶対的な優位であっても、強かだった。

「グリード、まだ行けるだろ。偽物に負けない。負けるわけにはいかない」

『届いているぜ……フェイト。力を俺様に』

離れていてもグリードの声が俺に届いてきた。初めてだった……離れていても直ぐ側にいるかのような感覚。クロッシングしてお互いの心を重ねているかのようだった。

今なら……今の俺たちならもっと先に行けそうな気がする。それなのにもう力が……。

（……フェイト）

俺の中で名を呼ぶ声がした。もう二度と聞けないと思っていた。

父さんの声。優しく穏やかで、今戦っているのを忘れてしまいそうだ。

（一人じゃない……俺も付いている。いや、周りを見ろ）

漂う数え切れないほどの魂たちが目に入った。

（大罪スキルは神の理に背く……異端。裏を返せば……この絶対の理から救いを求める者たちの願い）

巨大な光の球体へ進んでいた魂たちが方向を変える。そして、俺たちを取り囲むように流れを変え始めた。

(その中で暴食スキルはあの神に似せて生まれてきた。本来はあれの贄とならない安住の地として……)

「父さん!」

(暴食スキルと向き合い、ここまで来ることができたお前なら……彼らを受け入れてなお、フェイトでいられる。願わくば、もう一人のお前も……。俺は酷いことをしてしまった。自分の息子であるはずなのに、信じてやれなかった。本当にすまないことをした……)

その言葉を最後に俺の中で尽きていた力が湧いてくるのを感じた。父さん……また俺に力を……。

ありがとう、父さん。その力をグリードに送る。

しかし、まだ足りない。抵抗はできているが、ライブラが放つ無数の奥義を前にしてはあまりにも無力だった。

「くっ……」

「フェイ!」

このままでは押し返される。

しかし、また力が湧いてきた。父さんじゃない。誰だ？　俺の知らない感情や記憶が力と一緒になって流れ込んでくる。

それは続いていき、止めどないものへとなっていく。まるで数え切れないほどの人たちが俺の背中を支えてくれているかのようだ。

父さんの言葉を反芻して、周りの魂たちを見つめる。それは、ロキシーの守護結界をすり抜けて、俺へ同化してきていた。

一つ一つは小さくて儚いものたち。それが集まり大きなうねりとなって、俺の力となってくれていた。

第37話　第零位階

ライブラは、グリードをちっぽけな武器と言い放った。

それでも彼のブラックキューブで真似をした黒槍は、俺が父さんから受け継いで得た新たな姿――第六位階だ。

「たしかに……お前の言う通りだ。ちっぽけな武器でも、ここに集まってくれる魂たち……人々の気持ちを力に変えることができる。俺の暴食スキルを通して！」

初めてだった。あれだけ俺を苦しめていた暴食スキルが……反転していく。より良い方向へ俺を導いてくれる。

産声を上げたときから、不遇スキルとして俺と一緒にいて、時には人々から蔑まれた。でも、今はこれで良かったんだと胸を張って言える。

俺には暴食スキルが必要だった。

「フェイ……涙が」

自分自身で全く気が付かなかった。頬に一筋の涙がこぼれ落ちていた。悲しいわけではない。

取り込む魂たちのいろいろな感情や記憶が流れ込んでくる。きっと、そのせいだろう。

だからこそ、俺を突き動かす。

もう一度、グリードに届くように第六位階の奥義名を呼ぶ。

「リボルトブリューナクッ！」

それに呼応するように、グリードが黒槍の群れを押しのけて顔を出す。ライブラの消滅の力を上回っていた。

次々と偽物を消し飛ばしながら、突き進む。ライブラは眉間に皺を寄せて、ブラックキューブを黒盾に変えたりしてグリードの進行を妨げようとする。

それらすべてを破壊しながら、ライブラへ向けてひたすら一直線に。その歩みを止めることなど許されないほどに。

今この場にいる魂たちが流れを止めて、それを見守っているかのようだった。

「ありえない……このようなことが……」

俺が放った《リボルトブリューナク》がライブラの胸を貫き、ぽっかりと大きな穴を開けていた。消滅の力をもってしても、奴の存在を消し去るには至らなかった。

普通の人間なら致命傷といえるダメージを受けても、ライブラはまだ動けるようだ。そして顔に刻まれた聖刻が一層赤く輝いていた。奴には天啓という戦う意志が残っている。

あれだけたくさんあったブラックキューブは、ほぼ破壊されている。僅かに残った物も機能不全を起こしているようで、ビリビリと音を立てて、狂ったような軌道で飛んでいた。

「フェイ、やりましたね」

「いや、どうやら。ここからのようだ」

身を寄せてくるロキシーに、首を振る。四つの大きな魂が俺たちのやってきた方角から飛来した。

そして負傷したライブラの周りを労るように取り巻き出す。この感じは、彼の地への扉の前で立ち塞がっていた聖獣たちだ。

どうやら、マインとエリスは聖獣たちとの戦いに勝ったようだ。エリスが聖獣……聖獣人からのトラウマと向かい合い、ちゃんと先に進めたことの証左でもあり、俺としては嬉しいかぎりだ。

それと同時に、ライブラに新たな力を与えてしまうきっかけを作ってしまった。奴はこの流れも保険として残しておいたのだろうか。

「ハハハハッハッハッ」

　彼は心なく高笑いしてみせる。ぽっかりと空いた胸から受ける印象だからか……ライブラがひどく空っぽな自分に向けて、笑っているかのようだった。

「来るがいい。僕の……我が醜悪をもって」

　ライブラの顔は腐り落ち、歪な者へと。純白だった服は変色して崩れて、その隙間からは腐敗した体液が流れ落ちる。

　聖獣としての姿は……ライブラが言うように醜悪だった。

　父さんが死を司る黒天使なら、ライブラは死を振りまく異物。この世の醜い物を無理やり詰めて、繋ぎ合わせたような存在。

「我を合わせて聖獣五体だ。もう時間もない」

　奴がロキシーのヴァルキリー姿に見惚れていたわけがわかったような気がした。

　蘇っていた魂たちの帰還の流れが収まりつつあった。ライブラはこれが終われば、生きた者たちから魂の収穫を始めると言いたいのだろう。

　迷っている時間はない。俺は太陽のように輝く球体に目を向ける。よしっ、大丈夫。まだ間に合う。

「ロキシー、これで最後だ」

「はい」

「グリードもな」

『お前……まさか』

ロキシーには気づかれなかったのに……。グリードはわかってしまったようだ。さすがは相棒だ。

それでも彼はそれ以上、何も言うことはなかった。今更だよな、そうだろ……グリード。お互い様さ。

「私がライブラを抑えます。フェイが決めてください」

「頼む」

ライブラは手を振るい、体液を俺たちへかけようとしてきた。それをなんとか二人で躱す。

「これは……」

「なんてことを……」

浴びたものに起こった現象を見て背筋が凍ってしまう。いくつかの魂が浴びてしまったのだ。

それらが紫色に変色して、腐り落ちた。奴の攻撃はいかなるものも腐敗させたのだ。俺が持つ腐食魔法など赤子同然だ。もしかしたら、俺たちの持つ武器すらも腐食させるほどかもしれない。

『四体の聖獣を得て、以前よりも遥かに力が増している。お前の予想通りだな。さすがの俺様もあれを浴びれば無傷とは言えない』

「……グリード」

『心配する必要はない。いつも言っているだろう。忘れたのか、フェイト。俺様は武器だ』

「それでも、俺にとっては」

『嬉しいことを言ってくれるじゃないか。でもな、フェイト。……わかっているよな』

「……ああ」

『そうだ……それでいいんだ。それでこそ、俺様の相棒だ。お互い様さ』

いつかは訪れると思っていた。泣いても笑っても俺たちの最後だ。

時間もない。悠長な戦いはできない。

ロキシーが拒絶の力で守護結界を展開する。すべてを腐らす力の前では、驚くべきスピードですり減っていく。

ライブラに近づいてわかる。体液だけではない。奴を取り巻く空気すらも汚染されて、腐食性の臭気へと変貌していた。

「私が臭気を浄化します」

ロキシーが聖剣を構えて、アーツを発動させる。聖剣技の奥義であるグランドクロスかと思っていた。

聖剣が放つ煌めきの規模が段違いだった。繰り出されたアーツは十字の光ではなく、アスタリスクの形をした光の刃だった。

セイクリッドクロスとでも呼ぶべきか、聖剣技を超えた神聖剣技のアーツが放たれたのだった。

驚くべき浄化はライブラに有効だった。ライブラの腐った体が聖なる光に燃え上がる。聖獣と呼ばれている存在なのに、聖なる力に弱いとは……皮肉な話だ。

「フェイ、今です」

「ああ、援護を頼む」

ロキシーにはライブラの臭気を取り払うサポートをお願いする。俺は黒い翼を羽ばたかせて、ライブラの懐へ。遠距離攻撃である黒籠手や黒弓では表面に残る臭気によって、火力が期待できない。それにちまちまとした攻撃では時間が足りない。ここはやはり……もっとも扱いなれた黒剣しかない。

力の限り振るって、腹に一閃。

手応えはあった……だが、ライブラは微動だにしない。効いていないのか？　リボルトブリューナクを受けた時と同じだ。

奴にはこの程度の攻撃は意味を成さない。

「グリード！」

『気にするな』

今まで傷ついたことのない漆黒の剣身が、音を立てながら蒸発している。予想通りだった。

『止まるな』

臭気を払うためにロキシーのセイクリッドクロスが放たれる。素早く距離を取り、巻き込まれないように回避。

ライブラは、ロキシーの牽制が邪魔で仕方ないようだ。俺の攻撃など気にする素振りもなく、ロキシーに向けて動き始める。

彼女も負けてない。六枚の翼を駆使して、回避しながらアーツを立て続けに放つ。それに対して俺は、火力不足に戦いあぐねていた。すでに魂たちのアシストを受けた第六位階の奥義リボルトブリューナクですら通用しない。しかも、ライブラが聖獣化する前だった。

そんな中でも俺は何か掴めそうな感覚があった。後もう少し、ほんの少し。魂たちのアシステムを受けた際に、リボルトブリューナクで手元から離れたグリードがすぐ側にいるかのような不思議な状態になった。クロッシングを超えたような一体感だった。俺がグリードで、グリードが俺のような感覚だ。

この世界の魂たちは、今も俺に助力をしてくれている。俺と同化を繰り返しながら、暴食スキルを介して力を与え続けてくれていた。高まる度に近づいているのを感じる。俺とグリードには、まだ先がある。

父さんから受け継いだ第六位階を超える。俺たちだけの新たな位階の姿がきっとそこにある。

誰でもない。俺たちだけの力をここに。

魂たちは俺だけではなく、黒剣グリードにまで同化し始めた。俺たちの心に呼応している。

『これは……フェイト、感じるか？』

「ああ、ずっと感じている」

あの太陽のように輝く球体――神と呼ばれた物。暴食スキルは、絶対的な神の理から救いを求める人々の願いで生まれてきた。俺たちの目指す姿もそうでなければいけない。

この黒剣では届かない。今、俺たちに必要なあるべき姿へ変わるときだ。

聖獣と化したライブラが、ロキシーを追い詰めようとしていた。しかし、彼女の顔には恐れという一点の曇りもなかった。

「ロキシー！」

「フェイ！」

俺は黒剣グリードを握りしめる。

「俺の中の暴食と、お前の強欲を繋げる。いけるか？」

『望むところだ』

スキルを融合させる。本来交わることのない大罪スキルを一つへ。救いを求めて生まれてきた大罪スキル。その異端のスキルを二つ合わせる。強欲を司る大罪武器に、暴食の力を流し込み。

俺たちだけにしかできない……新たな大罪武器へと昇華させる。

できるか、できないかではない。この二つの力なくして、他にありえない。

黒剣が光り輝いていく。黒い翼で力一杯羽ばたき、彼女の元へ。

光は強さを増して俺を包み込む。更には離れたロキシーにまで光が差し込むほどだった。

ライブラが苦悶の声を上げた。先程まで、まったく気にもしていなかった者からの一閃がたまらなかったようだ。

俺は奴の左腕を切り落とし、ロキシーの前に立つ。

「俺の後ろへ」

「フェイ……その剣は？」

黒剣の真の姿。第零位階である黒双剣だった。

第38話　暴食のベルセルク

第零位階である黒双剣。黒剣よりも少し長く、斬り裂くことに特化した流線形の剣身。黒剣の印象を残しつつも、フォルムはより洗練されていた。俺とグリードの共に歩んだ戦いの日々を刻み込んだかのようだった。

この大罪武器は、今までの物とは違う。もしブラックキューブがまだ残っていたとしても、黒双剣を再現できない。

偽物など作り得ない。世界にたった一つだけの存在。

「これの偽物が作れるものなら」

「ぐぅうっ……」

切り落とされた左腕を庇いながら、ライブラは距離を取る。俺の黒双剣を睨みながら、臭気や体液を放つ。

「フェイ！」

ロキシーが無防備な俺に驚いて、声を上げる。しかし、他愛もない。

彼女に微笑みかけて、振り返ってライブラへ向けて一閃。それだけで、奴が放った物すべてを彼方へと飛ばす。この二本で一対の黒双剣の前では、あの程度の攻撃など気にするほどではない。

それに加えて、この世界に満ちる魂たちのアシストまで得ている。今の俺のステータスは無尽蔵だ。

だが、ちゃんと代償は存在している。俺でなく、力を貸してくれている魂たちだ。

俺の力になってくれる度に、彼らの存在は失われてしまう。結局、俺もライブラと変わらないのかもしれない。何かを代償として、戦う力を得ている。

「そんなに神と共にいたいのなら」

俺はわかっていても魂たちの力を借りるしかない。そのための大罪スキルなのだから……。マインが言ったことを思い出す。たしかに罪深いわけだ。

今の俺を魂たちが突き動かす。そして、導いてくれているのなら、このことで遠慮するほうが失礼なのかもな。

俺は黒双剣に得た力のありったけを込める。いつもなら禍々しい姿へ変貌するところが、まったくの逆だ。

「グリード？　これは……」

『俺様には眩しすぎるな』

「ああ……俺も同じさ」

結局、争いに綺麗事などないのだろう。いくら理由を付けても互いの主張の押し付け合い……なのかもしれない。

ライブラの醜い聖獣としての姿を見ながら、そう思ってしまう。彼もまた聖刻という神からの啓示に縛られている。

俺のステータスを贄にして、成長した黒双剣は神々しい姿をしていた。グリードが慣れない姿だと困ってしまうほどに。

この奥義には魂たち――人々の願いが込められている。大罪スキルと同じだ。

それは姿からもわかる。きっと崇高なものなのだろう。俺もそう信じたい。

第零位階の奥義名は自然と頭に流れ込んでくる。

《インフィニティディバイド》

ライブラへ向けて奥義を発動させる。

黒双剣の歩みを止めることなど不可能だ。ライブラの反撃など意味を成さない。

奥義発動中は、俺は好きな場所へ行ける。まるで瞬間移動しているかのように、どこにでも行けてしまう。

鋭く重い斬撃を無限に繰り出せる。その全てが必中。

「この力は一体……どこから……くっ」

斬られた箇所は分断されて、ライブラに再生すら許さない。併せて、斬る度に暴食スキルが発動して奴の力を削り喰らっていく。

肉体のダメージとステータス低下が同時に襲ってくる、慈悲なき攻撃の嵐。

「いくら他の聖獣たちの力を得たとしても」

「……フェイトっ」

「無駄だ！」

苦し紛れにライブラが黒双剣の右方を掴んで止めてくる。もう片方の黒剣で叩き斬るまでもない。

今の第零位階に達した俺たちには、まだ新たな可能性がある。……感じるんだ。

「なにっ⁉」

ライブラの残された手を黒い稲妻が吹き飛ばす。

俺がいかなる時でも頼ってきた第一位階の奥義――《ブラッディターミガン》。掴まれた方の黒剣から放たれた奥義が、ライブラを後方へ押しやる。

俺はまた魂たちの力を使ってしまった。失われたものは戻ってこない。……ごめんなさい。それでも、歩みを止めることはできない。

『そうだ。フェイト、進めっ』

「……グリード」

やはり無理があった。

暴食の力を無理やり強欲と融合させて得た新たな第零位階――黒双剣には、さすがの非破壊属性を持つ素体でも耐えられなかったようだ。ブラッディターミガンを放った方の黒剣にヒビが入っていた。

『これが最後だ！　思う存分、ぶちかませ！』

「あぁぁぁぁああああぁぁぁっ！」

バカ野郎……カッコつけやがって……グリードのやつ。

ライブラは両手を失ったままで甘んじてはいなかった。代わりの他の手を無数に生やしながら、俺に襲いかかってくる。

「フェイ！」

ロキシーがセイクリッドクロスで援護をして、ライブラの視界を隠してくれている。

そのうちに、俺は黒双剣を大きく構えて懐へ飛び込む。見極めろ、ライブラの弱点を魔力の中心を……。

第二位階の奥義――《デッドリーインフェルノ》を二段攻撃で、ライブラの急所へ斬り込む。死の呪詛を込めた斬撃は、ライブラを確実に蝕み、更に後退させる。

「まだだ！　我はっ」

太陽のように輝く巨大な球体へ近づいてく。それを拒否するかのように抗うライブラは胸の肋を開いた。そこには赤いコアがいくつも詰まっていた。それが眩く輝き出して、赤い閃光を幾重にも放つ。

「そうはさせるかっ」

力を俺にっ！　もっと俺にっ！

第三位階の奥義――《リフレクションフォートレス》を発動！　赤い閃光を倍返しだ！

またしても、黒双剣にヒビが入る。今度は右側だった。

『畳み掛けるぞ、俺様たちならいける。信じろ、俺様。お前自身をっ！』

ロキシーも隙を突いては、セイクリッドクロスでライブラの動きを鈍らせてくれている。

黒双剣から白き炎が迸る。本来はどのような傷や病気すらも癒やす炎。しかし、穢れし体を浄化する白き炎として燃え上がる。もしかしたら、この第四位階の奥義――《トワイライトヒーリング》は、対ライブラのために用意された力だったのかもしれない。

「お前の穢れを祓ってやる」

「ぐあああぁぁあぁぁ」

燃え上がりながらもライブラは止まらない。顔に刻まれた聖刻が、それを許さないかのように赤く抗っていた。

結局……ライブラも父さんと同じなのかもしれない。スノウもそうだったように、神の啓示から逃げられない。

『フェイト、次だ！』

黒双剣のヒビは広がっていく。俺たちにも時間はない。

剣先から黄金色の光を帯びた黒糸がライブラを包み込む。暴れようが切れることなのない糸。第五位階の奥義——《ディメンションデストラクション》がライブラを光り輝く巨大な球体に縛り付ける。空間すらも両断するはずの奥義ですら、ライブラを抑えつけるのに精一杯のようだった。ここに来て、奴の力が更に上がっているというのか⁉

「ライブラっ」

くっ……。《ディメンションデストラクション》を力尽くで断ち切ろうとしている。体がバラバラになろうともお構いなしだ。それをあの赤く光る聖刻がさせているかのようだった。

ボロボロなのは俺たちも同じだ。黒双剣は次に放つ奥義に耐えきれるかどうか。俺も流れ込んでくる魂たちの記憶や感情に頭がどうにかなりそうになっていた。自分が自分ではなくなってしまいそうだ。

俺――フェイトとして、楽しかった記憶、悲しかった記憶……何気ない記憶すらも、他の魂たちのものとゆっくりと絵の具を混ぜるかのように、変わっていく。

（……父さん。もう一度、俺に……俺たちに力を！）

もう声は聞こえない。それでも父さんはどこかで見てくれている気がした。

大丈夫……まだ俺たちは戦える。

「いくぞ、グリード！」

『ああっ、来い。お前は自由だ』

第零位階の奥義と第六位階の奥義を融合させた……俺たちの最後の力。

ボロボロの黒双剣が呼応するかのように輝き始める。眩しすぎて色などわからない。ただこの沈みゆく赤い世界を塗りつぶすほどの光だった。

《インフィニティ・リボルトブリューナク》

二本で一対の黒双剣。それがあたかも一つの大剣の形を成して、ライブラの胸から飛び出した赤いコアに突貫する。

消滅の力ではなく、解放の力をライブラへ叩き込む。

「うおおおおおおおおおぉぉぉぉ」

「ぐぐああああああぁぁぁぁ……だが我には……それは……効かない」

「そうかな？」

ライブラの聖刻に亀裂が入る。赤く光るそれが弱まっていくのを感じた。

最後の奥義の勢いは止まることを知らず、太陽のように輝く巨大な球体へライブラごと突入した。直後、後ろからロキシーが俺の名を呼ぶ声が聞こえたような気がした。それでも歩みを止めることはできなかった。

そこは暖かく居心地が良い場所だった。

今戦っているという現実から、考えることをやめてしまいたいくらい。

そしてライブラの聖刻に異変が起こる。亀裂を修復し始めていたからだ。更に受けたダメージすらも回復し始めていた。

「神はやはり我を選んだ……選んでしまった。お前は終わりだ」

黒双剣は至るところがヒビ割れており、欠け始めたところすらあった。だが、まだ《インフィニティ・リボルトブリューナク》は発動したままだ。

「終わりじゃない。終わりなのはライブラ……お前だっ」

再生すら許さない。奥義を発動させたまま、黒双剣を突き上げる。苦楽を共にしてきた愛剣が大きく軋む音がした。

『楽しかったぜ、相棒』

「俺もさ。ここまで来られたのはグリードのおかげさ」

『終わらせるか？　いいのか？』

「……いつものことさ」

俺は光り輝く球体の外側にいるロキシーを見た。彼女は泣いていた。

たぶん俺がこれからすることを理解してしまったんだ。誰よりも優しい人だから……生き延びて幸せになってほしい。

俺とライブラとの戦いによって、収穫から逃れた——解放された魂たちがロキシーを包み込む。そして、俺の意思を汲み取ったかのように、彼女を元の世界の出口へと連れて行く。その流れは逆らうことすら許されないほどの勢いとなって、彼女を俺から遠ざけていく。

「フェイ！　フェイ！　フェ……イ………私は……」

彼女を救いたいと思って、始まった旅だ。それがいつの間にか、こんな場所まで来てしまった。それは今も変わることはない。

俺のロキシーへの気持ちは……結局、伝えられなかったけど、それでいいんだ。

「あぁぁぁ」

いや、俺はバカ野郎だ。ちゃんと伝えるべきだった。ロキシーがいた方角をもう一度見るが……もう姿は見えなかった。

最後まで直せなかったな。グリードにいつも言われていたっけ……お前は何もわかっていないってさ。

「後悔はちょっとあるけどさ」

『お前らしくて、いいじゃねぇか』

「そうだな……そうかもな」

それすらも振り払い、思い残すことはもうない。

暴食スキルの本来の力をここで解放する！

喰らってやる！　この何千年という途方もない時間をかけて、蓄えられた魂たちを。

なり損ないの神を喰らい尽くしてやる。それが暴食スキルが生まれてきた願いなら、保持者として使命を全うする責務がある。

これもまた、聖獣人たちのように聖刻という啓示と同じなのだろう。この宿命からは逃れられない。

宿命か……母さんは一体……どういう意味を込めて俺にフェイトという名を付けたのだろうか。

できることなら、聞いてみたかった。

俺の胸のあたりが熱くなり、真紅に光る。その輝きはなり損ないの神を呑み込んでいく。俺が俺ではなくなっていくのを感じる。本来の一個人ができることから逸脱し過ぎている。

不可能を可能にする。アーロンは必ず王都へ戻ってこいと言ってくれた。そんな彼の気持ちにも応えたい。出会った人たちが、これからも笑顔で生きていけるように。

途方もない魂たち……ステータス……スキル……が流れ込んでくる。息の仕方すら忘れてしまうほどに、止めどなく。

開いた口は閉じられない。無理やり喰わされていく。最後まで喰らうしかない。

得た力を《インフィニティ・リボルトブリューナク》に変換する。

「フェイト！　ぐあああぁあああああぁぁぁっ」

ライブラは圧倒的な力の本流に耐えきれずに聖刻ごと消し飛ぶ。その中で最後に見せた顔はどこか安らかだった。

彼もやはり父さんと同じに囚われていたのだろうか。

黒双剣は巨大な光の剣となって、この世界——魂の牢獄を斬り裂く。外からの魂の収穫の流れは止まり、すべてがここから元の世界へと戻り始めていく。

崩壊し始めた世界の中で、俺は相棒を失った。すべての力を使い果たし、元の黒剣へと戻ったグリード。剣身が真ん中からポッキリと折れてしまっていた。

「お前はいつだって気の早いやつだな……なぁ、グリード。今までありがとう」

そう語りかけると、『気にするな。俺様はただの武器だ』という声が聞こえてきたように思えた。

俺も、もう少しだけ頑張ってみるよ。お前のようにさ。

まだすべてを喰いきれていない。なり損ないの神がまだ残っている。

喰らう度に、失っていく。大事なことを、大事な人たちとの忘れてはいけないはずの思い出を……。

アーロン……せっかく剣聖の称号をもらったのに。マイン……一緒にいられなくてごめん。エリス……俺に本当の自分を見せて心をひらいてくれたのに。王都や領地には俺を信じて待ってくれている人たちがいるのに。

それらが次々と消えていく。名前も顔も思い出も……何もかも消えてしまう。

ロキシー……。この記憶だけは消したくない。名前も顔も全部！

本当は……俺は、

「何もかも失いたくなんてないんだ！　全部、大事なんだ！」

空っぽになんてなりたくはない。

「なら、助けを呼べばいいんです。あなたは一人で戦っているわけではありせん」

凛とした力強い声に横を見ると、ここにいるはずのない人――ロキシーが寄り添ってくれていた。あの魂たちの流れから逃れて戻ってきたのか⁉

「私もフェイを支えます。それに守られるなんて嫌です」

「……ロキシー」

「一人で無理でも二人ならです」

なんだろうか……すごく心が落ち着く。苦しかった魂たちの流れが変わっていく。

胸のあたりの赤い光にも変化が起こる。優しく温かい色となって、俺を支えてくれていた。

俺が受け止めやすいように、暴食スキルの内の魂たちが手を差し伸べて、負荷を減らそうとしていた。その輪は大きくなっていく。

輪の中にはケイロスやミクリヤ、ラーファルたちも……そして父さんもいた。そして顔の知らない人々まで、俺たちのために力を貸してくれている。

「大丈夫です。フェイは一人ではないです」

「信じるよ、みんなを」

崩壊していく世界でロキシーと二人。そして、力を貸してくれる者たちと神の世界の終わりを見届ける。

夕焼けのように赤く染まった世界に、一筋の光が差し込む。そこから青い空が広がっていく。魂たちは自由に踊り、行きたい場所へと旅立つ。これが本来のあるべき姿なのだろう。

《暴食スキルが発動します》

いつもの無機質な声が聞こえてきた。しかし、その後の声はいつもと違っていた。

この声は知っている。この世界に来たときに夢に見たのと同じものだった。

《よく頑張ったわね、フェイト》

《私はずっとあなたのことを応援しているわ》

……母さん……だったのか。ずっと、ずっと俺を見守ってくれていたんだ。

思わず、涙が溢れ出す。それを見たロキシーが心配そうに俺に声をかける。

「フェイ？」

「大事なものをみんなから教わった。ロキシーもありがとう」

「どうしたのですか？　急に改まって」

「俺はロキシーのことが大好きです」

「なっなな、このようなときに……このような場所で……あなたという人は」

彼女は突然の告白にたじろぎながら、にこやかに答えてくれた。

「私もフェイのことが大好きですよ」

新しく光り輝く世界の中で、口づけを交わした。

飛び交う色とりどりの魂たちが、俺たちを祝福してくれているかのようだった。

エピローグ　残された者たち

フェイトとロキシーが彼の地への扉を潜って、かなりの時間がかかっている。

マインとボクで、なんとか聖獣4体を倒すことはできたけど、ギリギリだったかな。

胸の傷も天竜化しているおかげで、自然治癒力が高まって回復できそうだ。

「マインは大丈夫かい？」

「問題ない」

ボクの頭の上に言葉数少なく鎮座している。このような危機的な状況だっていうのに、相変わらずマイペースだ。

見習いたいところかな。

今回ばかりは、そうとも言ってられそうもないけど……。マインもボクと同じように大怪我をしている。

彼女の足から伝って流れてくる赤い血が、ボクの頭に生暖かさを感じさせる。何度も聖獣たちの攻撃を真正面から受けていたから、言うまでもないか。

強がっちゃって……。

「フェイトたちと合流したいところだけど」

「私たちは、入れない」

その資格なしといったところかな。

マインがそれでも中に入ろうとしているけど、弾き返されていた。彼女の力をもってしても無理ならどうしようもない。

ボクたちにできることは、ここでただ待つしかない。

逆流していて生き返っていた魂たちも、すでに彼の地への扉を潜って向こう側へ行ってしまっている。このまま、フェイトたちがライブラを止められないのなら、ボクたちのいる世界に大きな影響が出てしまうだろう。

「果たして……どうなってしまうのかな」

首に刻まれた彼との契約に手を当てる。力は解除されていない。

「フェイトは、まだ戦っている」

「どうしてわかる？」

マインが不思議そうに聞いてきたので、理由を教えてあげると、

「痛っ！　何をするの⁉」

「手が滑った」

あろうことか！　マインは黒斧をボクの頭の上に落としたのだ。さすがは大罪武器……天竜化していてもずっしりとした重さが響いてくる。

「勝手にフェイトを唆した罰」

「でも、彼が無事なことがわかるんだし。結果的に問題なしってね。……痛っ！」

「まったく……懲りてない」

蘇っていた古代の魔物たちもいなくなり、帝都メルガディアは静かになってしまっていた。

本来、ここを根城にしていた魔物たちは、ボクたちやそれらが暴れた影響でどこかに逃げ去ってしまっていることもあるのだろう。

吹き抜ける風だけが荒廃した帝都に残った音だった。

ボクたちにできたことと言えば、空にある彼の地への扉の周りを旋回することくらいしかなかった。フェイトたちが戻ってきたときに、空に投げ出されてしまうかもしれない。

それを受け止めようと考えていたからだった。

「あれを見て」

マインの言葉に促されて、彼の地への扉を見ると、

「閉じようとしている！」

空にポッカリと開いた穴が色を失い始めていた。青い空の色に侵食されていくかのように、透明になっていく。

このままでは、フェイトたちが帰って来られないっ⁉

それと同じくして、空中に浮いていたガリア大陸の高度が落ち始めた。

「戦いは終わったのかもしれない」

「でも……フェイトたちは……」

ボクは無我夢中で消えゆく彼の地への扉へ、翼を羽ばたかせて突貫する。

「えっ」

弾き返されることはなく、通り抜けてしまった。薄れゆく彼の地への扉は、ボクたちが触れるものですらなくなってしまっていた。

「やっぱり、ボクは見ていることしかできないのかな」

「違う。フェイトは必ず帰ってくる。約束をした」

マインは彼を信じている。ボクだってそうしたい。彼とのつながりはまだ残っている。

ガリア大陸が轟音を立てて、着水する。飛沫が空中にいるボクたちのところまで巻き上

げられてきた。

それが、ボクの口を濡らした。

「塩(しょ)っぱい……ここは海」

聖獣との戦いに集中しすぎてしまっていたようだ。ボクたちは南下を続けて、王国から遠く離れた海にやってきてしまっていた。

ここは外の世界だ。

ガリア大陸だけ、その世界に足を踏み入れてしまったようだ。外の世界はボクたちのいる世界と違ったルールが息づいている。

長居はするべきではないだろう。

ガリア大陸がその領域にいることも、好ましくないが……この超重量を動かすことなどできるはずはない。

「フェイト……」

空にあった彼の地への扉は光の粒子を残して、消え去ってしまった。

出口があそこだけなら、フェイトたちは向こう側に残されたままとなってしまう。

どうしよう……そんなことを呆然と考えていると、マインがボクの頭から飛び降りた。

「ちょっと、どこへ？」

「フェイトを捜す」

「捜すって、どうやって……彼はおそらく向こう側に」

まさか、また彼の地への扉を開くというのだろうか。それでは本末転倒だ。フェイトが望んでいるとはとても思えない。

「同じことはしない」

ホッとしていると、マインは言うのだ。

「別の可能性を探す。その情報はここに残されているかもしれない」

「なるほどね」

たしか……フェイトの父親であるディーンが帝都の地下で、彼の地への扉を開放する準備をしていた。

何か、有用な情報が眠っているかもしれない。それを回収して、ライネに解析してもらうのも良いかもしれない。

マインは一足先に、地面に着地すると瓦礫を黒斧で吹き飛ばし出した。気の早いことで……でもマインらしいね。

ならば、ボクも力を貸そう。

「マイン、どけて」

天竜化したボクなら、この瓦礫をどかすくらい容易い。咆哮一発で一掃してやるさ。

しばらく、ボクたちはガリア大陸で足止めのようだ。可能性が一つではないことは、フェイトに教わったことだ。

ボクたちがやろうとしていることも、その一つに過ぎない。

フェイトのことだ。

歩みを止めることを知らない彼は、ボクたちの心配をよそに考えつかない方法へ帰還してくるかもしれない。

そんなフェイトを待つこともできる。しかし、知ってしまった。彼と共に歩むことを。

ならばボクたちも前に進むべきだろう。

後ろ向きだったマインもここまで、前向きな子になったのなら……ボクもちゃんとしないとね。

彼がもし帰って来られないのなら、その道をボクたちが用意しよう。

天竜から人の姿に戻り、地平線を眺めると夕日が沈み始めていた。

もう一度、彼との絆の証である首元の刻印に手を当てる。それに呼応するかのように体に暖かさが流れ込んできた。

あの海の向こう側には、まだ彼の知らない世界が広がっている。早く戻ってきてくれ……また一緒に旅をしたいんだ。

＊

「アーロン様、これはどこに持っていきましょうか？」

「うむ……客室へ」

「はい」

サハラが今日も一所懸命に働いてくれている。王都のバルバトス屋敷も、修繕が終わり随分と様変わりしている。

儂としても、やっと一息つけるというものだ。

フェイトたちが彼の地への扉を閉じるために戦ってから、半年という歳月が過ぎた。世界の命運を懸けた戦いの爪痕も、少しずつ元通りになりつつある。

古代の魔物たちの襲来、死した者たちの復活……王都セイファートでは混乱を極めた。特に古代の魔物たちが大挙して押し寄せてきたときには、王都を守りきれないかと思ったくらいだ。

他の聖騎士たちが逃げ惑う中で、白騎士が二人いてくれたおかげで乗り切れた。

しかし……フェイトはまだ戻らない。あのとき、南の空が大きな輝きを放っていたが、それももうない。

マインやエリス様は帰還されたというのに……。彼女たちは、ライネや王都の研究者たちを連れてガリア大陸へ行ってしまっている。なんでも、帝都メルガディアの地下にいまだかつてない技術が眠っていたそうな。

武人の儂には、難し過ぎて話のすべては理解できなかった。だが、フェイトやロキシーを捜す術としての糸口となりそうだという。

アイシャもロキシーがいなくなり、寂しがっている。蘇ったメイソンも結局はまた逝ってしまったこともある。

儂にはサハラやメミルが側におるから、まだよいが……。アイシャの心中を察する。

「今日はアイシャ様のところへ出向かれるのですよね」

「そうだ。サハラもよろしく頼むぞ」

「はい！　買い出しに行かれたメミルさんもそろそろ戻られると思いますし、楽しみです！」

最近、サハラはとても元気だ。元々素直で良い子だったが、それには理由がある。

所持スキルの変化が起こったのだ。スキルは生まれ持ったもので決して変わらない……

はずだった。

それがサハラの所持スキルが一新されてしまった。不遇スキルで辛い思いをしていた分、その喜びようは儂から見ても途轍もないものだった。大泣きをしてどうしようかと思ったくらいだ。

しかも、得たスキル中になんと……聖剣技があったのだ。これには恐れ入った。

これが起こる前の夜、サハラは夢の中でフェイトの声を聞いたという。彼女はフェイトからの贈り物だと言っておったが、真偽は定かではない。

儂にはまだフェイトの声が聞こえていない。どこで何をやっているのやら……まったく。

「遅れて申し訳ありません。アーロン様」

「メミルか、良いところに。今日アイシャに会ったら、王都を発とうと思っておる」

「以前から言われていたバルバトス領ですね」

「そうだ。かなり留守にし過ぎたからな。皆が顔を出せとうるさいのだ」

「慕われている証拠ですよ。屋敷は私とサハラにお任せください」

「うむ。頼んだぞ」

バルバトス領は、エリス様からガリアで発掘された技術供与を受けている。魔科学という儂の知る由もないもので、新しい時代の都市を作ろうとしているらしい。爺（じじい）には、小難しい話だ。

しかしながら、当主のフェイトが不在の中、代わりを儂が務めないわけにはいかない。新しいことばかりで、年寄りには大変だ。まあ、他にも面白そうなことがあるから良しとしよう。

「楽しそうですね」

「わかるか？」

「ええ、最近のアーロン様は特に。やはりサハラを聖騎士に？」

「あの子はやる気みたいだ。授かった力で剣聖を目指すと言いおった」

「大きく出ましたね」

「頼もしい話だ」

将来が楽しみである。儂の手合わせをしてくれる者が、いなくなってしまったため、寂しくしているところだった。

サハラは未熟だが、剣の才能がある。この間も指導してみたが飲み込みが早い。フェイトを思い出してしまうほどに。

噂をしていればなんとやら、私服姿のサハラがやってきた。

「お待たせしました。あれ……どうしましたか？」

「よく似合っておると思ってな」

「えへへ……ありがとうございます」

まだまた子供だな。サハラの嬉しそうな顔を見ていると、メミルが彼女の頭を撫でながら言う。

「良かったですね」

「一緒に選んでくれて、ありがとうございました」

大したことはしていないですといった感じで、メミルは照れていた。彼女も同じようにバルバトス家に慣れてきてくれたようで何よりだ。

平穏な日常とは実に良いものだな。しみじみと思っていると、二人に促されるようにハート家へ出向くことになった。

屋敷の外へ出ると、二羽の鳥が空を飛んでいた。白と黒の鳥。つがいなのだろうか？

お城の周りを自由に旋回していたが、しばらくして、南方のガリアへ向けて飛んでいってしまった。

フェイト、ロキシー……を思い返されてしまう。ふと不安が過ってしまうが、彼らなら大丈夫だろう。

それに、儂とフェイトは特別な絆で繋がっている。儂にはわかる。

同じようにメミルとサハラも、つがいの鳥を見て、二人のことを思い出してしまったようだ。

サハラの瞳から一筋の涙が流れる。

「フェイト様は……戻ってきますよね」

「ああ、戻ってくるとも。しかし、フェイトには戦い続けなければ生きられない性がある。案外、どこかで誰かのために戦っているのかもしれないな」

「そうですか……」

サハラを元気づけるように抱き寄せて言う。

「それでも、フェイトは約束を破るやつではない。そうであろう？」

「はい！」

儂もサハラ、メミルと一緒だ。

今できることは、フェイトの帰る場所を守ることだ。どれほど遠く離れていても、そこさえあれば人は帰って来られる。

儂は少なくとも、そう信じている。

必ず、帰ってこい……フェイト。たとえ、不可能だったとしてもだ。

儂はここで皆と一緒にお主を待とう。

番外編
崩壊世界の中で

俺たちを祝福するかのように舞い踊っていた魂たちが、一斉に散り散りになって離れていく。

出来損ないの神という支柱を失った世界……それが崩れて消えようとしているのを感じた。

おそらく俺の暴食が取り込んだことによって、この世界の現状がわかるようになったのかもしれない。

俺は隣にいるロキシーに声をかける。

「もう、この世界はもたない」

「どこへ進めば……」

周囲には古代に彼の地への扉から吸い込まれた建造物が浮遊しており、とても視界が悪かった。

世界の崩壊が始まってから、俺たちがいる場所に吸い寄せられてきたようだ。

その数はどんどん増えている。

「とりあえず、ここから離れよう」

「はい」

翼を羽ばたかせて、近づいてくる巨大な浮遊物を避けながら距離を取っていく。

振り返ると、俺たちがいた場所に次々と浮遊物が集まって、大きな音を立ててぶつかり始めた。

それは次第に球体となって、大きくなっていく。今も周りの浮遊物をかき集めている。

その勢いは加速度的に上昇しているように見えた。

「引き込む風の勢いがっ！　まずいぞ」

「急ぎましょう」

俺たちは、飲み込まれていく浮遊物の流れに逆らって、翼を羽ばたかせた。

まさに激流の中を遡っているような感じだった。

「ここまでくれば、安心かな」

「そうですね……フェイ、見てください」

「なんだ！　あれは……」

今や巨大な球体となったそれは、大きな音を立てて内部へと潰れ出した。どんどん小さくなっていき、俺たちの距離からは見えなくなってしまった。

「収まったのでしょうか？」

「どうだろう。でも、嫌な胸騒ぎがする。早くここからもっと離れよう！」

そう言ったのも束の間、巨大な球体があった中心部の空間が大きく歪んだ。

そして、沈み込むように湾曲しているように見えた。

収縮が限界点に達したとき、中心部に真っ黒な点が現れた。

途端に引き込む流れの勢いが、信じられないほど増していく。

「全力で離れよう！」

「はい。予め距離を取っていたので、なんとか……」

「いくぞ」

俺たちは手を繋いで、黒い点から更に離れていく。

そうしている間にもそれは莫大な量の浮遊物を取り込んでいく。まるで出来損ないの神がいなくなったことで、代わりをするかのようだった。

しかし、違いがある。

出来損ないの神は魂を求めていた。今ある黒い球体は、なりふり構わずに取り込んでいる。

崩れゆく世界をすべて飲み込もうとでもしているかのようだった。

世界の色も暗闇に沈み込もうとしている。

「出口に急ごう！」

「でも、辺りの様子が変わってしまって……方角がわかりません」

「大丈夫！」

「えっ」

「あそこを見てくれ！　解放された魂たちが光の筋となって、飛んでいる。あの方角にきっと」

「出口があるんですね」

そう信じるしか今の俺たちには手がなかった。

魂たちの流れに乗って、先に進んだ。そうしている間にも黒い球体の吸い込む力はどんどん上がっていく。

そして、魂たちもそれから逃れようと必死のようだった。

俺たちは翼を羽ばたかせて、光の筋に乗って出口を目指した。

やっと退避できる。とうとう……みんなが待つ元の世界に帰れる。

まだ帰れていないというのに安堵する自分がいた。それはロキシーも同じだったようだ。

「これでセイファートに胸を張って帰れますね」

「ああ、アーロンとの約束も果たせそうだ」

「世界を救った剣聖の帰還ですから、それはそれは盛大なお祝いになるでしょうね」

「俺だけの力でできたことじゃないからさ。ロキシーがいなければ、乗り越えられなかった」

「……フェイ」

「それにマインやエリス。王都を守ってくれたアーロンや白騎士……多くの武人たちの力があってこそさ」

「はい、そのためにもここを脱出しましょう！」

俺たちは、魂たちが導く光の道を進んでいく。相変わらず、浮遊物は黒い球体に取り込まれており、俺たちとは逆方向に移動していた。

余裕が出てきたのだろう。ロキシーの顔に安堵の表情が浮かんだ。

「元の世界に帰ったら、フェイはハウゼンの復興を続けるのですか？」

「ああ、そのつもりさ。セトに任せっぱなしにもいかないから、アーロンと協力して本腰を入れようと思っているよ」

「私はしばらく母上のそばにいるつもりです。父上のことがありますし」

蘇ったメイソン様はもういない。魂になってもなお娘であるロキシーを守ってくれた人だ。

「お墓参りを俺にもさせてほしい。メイソン様にはたくさんお世話になったから」

「父上も喜びます」

ロキシーは嬉しそうだった。やっと落ち着いた暮らしが待っている……そう思えた。

「王都へ戻ったら、私も母上を連れて一度領地に戻ろうと思います」

「ガリア遠征から戻ってなかったよね」

「そうなんです。ガリア遠征後に戻ろうと考えていたのですが、母上がやってきたり、世界の危機だったりと大変でしたから……。世界が落ち着いたら、またあの頃の日常に戻れるはずです」

「アイシャ様はとても元気だから、きっと賑やかだな」

「あれは元気過ぎです！」

一時は命の危険すらあった病状も、忘れてしまうほどの元気さだ。今までできなかった鬱憤を晴らすかのように、みんなを困らせるくらい周りを振り回している。

思い出して思わず笑ってしまう。

それを見て、ロキシーまで笑っていた。俺も早くアイシャ様に会いたい。

会いたい人ばかりで、困ってしまうくらいだった。

「マインとエリスは大丈夫だろうか」

「あの二人なら私よりも強いですから、きっと元気ですよ」

「そうだね。四体の聖獣を相手に勝てたんだ。あの二人なら今はのんびりと休憩しているかもな」

「大人しく休んでくれていればいいですけど。お二人は馬が合わないところがありますから、心配です」

「確かに」

その様子を想像して、思わず二人で笑ってしまった。

マインとエリスが喧嘩をしないうちに早く帰らないとな。

互いに頷き合って、翼を力一杯に羽ばたかせた。魂たちの流れも相まって、スピードは加速していく。

ちらりと振り返ると、浮遊物が吸い込まれ崩壊していくのが地平線の向こう側にまで進んでいた。

そこは夕暮れのようにオレンジ色の空が広がっていた。しかし、その中心部からは真っ黒な光が溢れ出ていた。

「ロキシー、黒い球体が大きくなっている」

「急がないとこの世界を本当に飲み込みそうですね」

地平線の向こう側から顔を出しているくらいにまで育っている。きっと俺たちの想像を超えた大きさだろう。

俺たちは休まず飛び続けていく。しかし、次第にロキシーの様子がおかしくなってきた。

ライブラとの戦いで明らかに疲弊していたため、ここにきて体力の限界が近づいてきたのだろう。

「大丈夫か？」

「まだなんとかいけます」

そう返事はされたが、顔色はあまり良いとは言えなかった。

天使化したロキシーの髪色は金髪の毛先から中央にかけて、赤く染まっている。それがだんだんと赤い色が抜けて、元の金髪に戻ろうとしていた。

それでも希望があった。出口が見えてきたのだ。

青空を思わせる光を放ちながら、俺たちを温かく出迎えてくれる……そんな色だった。

魂たちもそこを目指して、流れ込んでいた。

「もうすぐだ」

「はい」

俺はロキシーの手を引いて、出口に向かう。他方から魂たちの流れが交わり、俺たちの背を押してくれることもあって、戦いで疲弊した体でも問題なさそうだった。

このまま行けば、出口に辿り着けそうだと思ったとき、

「フェイ！」

ロキシーの声で後ろを振り向くと、黒い霧がすごいスピードで近づいていた。

少し前まで地平線の向こう側にいたのに、なんて速さだ。

世界を飲み込み侵食していくような黒い霧。おそらく黒い球体から発生したものなのだろう。

なぜなら、触れるものをすべて取り込んでいたからだ。

取り込まれたものは、黒い霧となってさらに獲物を探す。その繰り返しだ。

後方を飛ぶ魂たちが逃げ惑っていた。しかし、黒い霧の方が速く、取り込まれてしまった。

「フェイ、このままでは魂たちがっ！」

「わかってるけど……今の俺には……」

折れた黒剣しかない。これでは形状変化も奥義も使えない。

「なら、この聖剣を」

「いいのか？」

俺の力で使ってしまうと、もしかしたら壊してしまうかもしれない。

この聖剣はロキシーがずっと大事にしてきたものだ。戸惑う俺にロキシーは真っ直ぐな目で言う。

「気にせずに使ってください。今、私にできるのはこの聖剣を渡すことだけですから」

「……わかった」

ロキシーから大切な聖剣を受け取った。聖剣を握るのはいつ以来だろう。

たしか、アーロンと一緒にハウゼンを魔物から解放したとき以来だ。

あのときはグリードが他の剣を使うことを嫌がっていたくせに、今回限りということで許してくれたっけ……。

また聖剣を使うことになったけど、きっとグリードなら『仕方ないな』と言ってわかってくれるはずだ。

俺は逃げ惑う魂たちに迫り来る黒い霧に向けて、聖剣技を放った。

「グランドクロス！」

煌めく十字の光によって、黒い霧は消滅した。

それでもほんの一部だ。地平線から世界を埋め尽くすほどの黒い霧が大津波のように押し寄せている。

魂たちを助けることができても、その場しのぎには変わりなかった。

勢いを止めることはできない。もっと強い奥義が必要だった。

「フェイ、私も手伝います！」

「だけど……ロキシーの力が」

「協力すれば、なんとかなります！」

俺が持つ聖剣に彼女は手を乗せて、力を送ってくれた。

この力はライブラとの戦いで、感じたことがある。

奥義名は、ロキシーを通じて頭に浮かんでくる。

「「セイクリッドクロス！」」

勢いを取り戻した黒い霧に向けて、眩い光を放つ。聖なる光は全てを飲み込み、黒い霧を消し飛ばし、魂たちだけは逃がしていった。その光はそれだけにとどまらず、地平線の向こう側まで到達して、黒い霧の勢いを大きく削っていった。

俺とロキシーが力を合わせて放ったセイクリッドクロスは、ライブラ戦よりも強力だった。

「今のうちに！」

俺たちは魂たちと一緒に出口へ向けて、翼を羽ばたかせる。

しかし、すんでのところで回り込んでいた黒い霧が立ち塞がった。

そして、俺たちをこの世界に閉じ込めるかのように出口を覆い隠してしまった。

「出口が取り込まれた……」

「フェイ！　もう一度、セイクリッドクロスです」

「でも、これ以上はロキシーがもたない」

「まだ頑張れます」

無理をしているのは明白だった。彼女の髪の色は、すべて金髪に戻っていた。

もし、セイクリッドクロスを放てば、天使化も解除されることだろう。あまり無理はさせたくなかった。

それでもロキシーの意志は固かった。

「もう一度」

「……わかった。一緒にみんながいる場所に帰ろう」

「はい！」

俺たちは聖剣を握る手を重ねて、力の限り魔力を高めた。

「「セイクリッドクロス!!」」

出口を塞いでいた黒い霧は浄化されて、青空のような光が俺たちに差し込んできた。

「今のうちだ。行こう！」

「はい」

一気にスピードを上げて、出口の前にくると元の世界が見えた。

まるでガラス越しに映し出されているようだった。そこには、俺たちを心配するマインとエリスの姿があった。

だが、彼女たちからは俺たちが見えていないようだった。

でも、すぐに合流できる。心配無用！

なぜなら、あの鏡のような出口を潜るだけ。先行して通っている魂たちも、難なく元の世界に戻っている。

俺たちもその後に続けと、ガラスのような出口に急ぐ。

「帰ろう、ロキシー！」

「ええ、みんなが待つ世界にっ！」

気持ちはもう元の世界にあった。しかし、それは叶わなかった。

黒い霧を発生させていた元凶である黒い球体が、追ってきていたからだ。

それは俺たちを追い越して、出口に体当たりした。ガラスが砕けるような音がして、出口が粉々に飛び散ってしまった。

「くっ……」

「……フェイ、帰り道が」

黒い球体は俺たちの目の前で、膨張と収縮を繰り返して時より、球体から無数の針を出して威嚇してきた。

絶対にこの世界から逃さないという強い意志のようなものを感じた。

もしかして、俺が出来損ないの神を喰らったからこのような得体の知れないものを呼び寄せてしまったのか⁉

そして出来損ないの神をこれは取り戻そうとしている存在なのだろうか？　少なくとも俺たちを追ってきて、出口を破壊したことからも友好的とは思えない。

黒い球体は無数の針が脈打つように飛び出しながら、俺たちへ近づいてくる。

「フェイ……ごめんなさい」

ロキシーの言葉で彼女の姿が天使から元に戻っていることを知った。

もう彼女には天使の翼がなく、空が飛べないのだ。

俺はロキシーを抱き上げて、自分の翼に檄を飛ばす。まだまだ、頑張ってもらわなければいけない。

「大丈夫、なんとかする」

黒い球体は執拗に俺たちを追いかけてきた。ぎりぎりのところで回避して、やり過ごす。

僅かに掠っただけで、その部分の服が無くなっていた。体の一部にでも当たりでもしたら、一気に追い込まれることだろう。

逃げるためにも翼だけは、守らないといけない。

黒い球体は俺たちを追いかけながら、帰る場所を失った魂たちまで取り込んでいった。

「……何もかも飲み込もうというのか」

「ここにいたら、たくさんの魂たちがあれにやられてしまいます」

「離れても……どこへいけば」

だが、魂たちを取り込むことで黒い球体のスピードが上がっているようだった。

これ以上、魂たちを得られてしまえば、俺の翼でも逃げきれなくなる。出口があった場所から離れるのは悔しいけど……ロキシーの言う通り、ここから離れるべきだ。

「いらないことをせずに、こっちに来い！」

ロキシーを抱えたまま、グランドクロスを放つ。黒い球体に直撃して、すこしはダメージが入ったかと思ったが、体を身震いさせたくらいだった。

それでも狙い通り。魂たちを取り込むのをやめて、一直線に俺に向かってきた。

怒っているようで今度は、魂たちに目もくれずに襲ってくる。俺たちは黒い球体を魂たちがいる場所から遠く離れるように誘導する。

問題はその後だ。黒い球体を倒すための有効打を俺たちは持っていないからだ。

魂たちは救うことができた。それでも俺たちのピンチは変わらない。

腕の中のロキシーが周囲を見ながら言う。

「他に出口があればいいのですが……」

ここへ来るために、多くの犠牲があってやっと入口が開かれた。あの必死さからは、どう考えても入口は一つしかないとしか思えない。

でも……ロキシーが口にしたように、出口は一つだけとは限らない。

なぜなら、俺たちはこの世界のことをまだ知らなすぎるから。黒い球体によって壊されただけと決めつけるのはまだ早すぎる。

グリードなら言うはずだ。暴食スキル保持者は、諦めが悪いと！

今は折れてしまって何も言えないけど、そんな気がした。

「探そうっ！」

「はい！」

俺は黒い球体を回避することで精一杯のため、ロキシーが周囲に目を凝らす。

行き場を失った魂たちが、出口だった場所に大量に滞留していた。

その集まりは重なり合い、強い光を帯び出していた。

「魂たちが大きな球体に……なって私たちとは逆方向に動き始めています」

「何かを見つけたのかもしれない」

俺たちは望みをかけて、光の球体となった魂たちを追いかけた。

もちろん、その後ろには黒い球体が執拗に付いてきている。せっかく、脱出する糸口が見えようとしているんだ。

「邪魔をされてたまるかっ！」

俺は聖剣に更に魔力を込めて、アーツを変異させる。これで少しでも時間稼ぎだ。

「グランドクロス・リターナブル！」

幾重にも光の十字が黒い球体を取り込んだ。俺が魔力を行使する限り、光の牢獄となって対象の動きを止めることができる。

だが、問題もあった。黒い球体との距離が離れると、それに応じて必要となる魔力量が増加していく。

そして魔力を込める聖剣にも負荷がかかってしまう。魔力は出来損ないの神を取り込んだことで身の内から溢れ出しそうなくらいある。それに聖剣が耐えられない恐れがあった。

「くっ」

やはり黒い球体から離れていくにつれて、魔力を込めると聖剣に僅かな亀裂が走り出した。

そんな聖剣を見て、ロキシーは強く頷いた。

「まだこの子は大丈夫です。共にいた私にはわかります」

俺はロキシーの言葉に背中を押されて、グランドクロス・リターナブルの維持に努めた。

光の球体は道ゆく先に出会った魂たちと合流して、更に大きさを増して飛んでいく。

俺たちもかなりの距離を進み、これ以上は黒い球体を抑え込めない有効範囲ぎりぎりでぴたりと止まった。

そこには、浮遊する古代遺跡があった。

「フェイ、あれを見てください」

ロキシーが指し示す方向に、巨大なゲートのようなものが見えた。

しかし機能しておらず、静かに眠っているようだった。

「調べたいけど、時間がない……抑えきれなくなる」

「私が調べてみます。下ろしてください」

抱き抱えていたロキシーは俺から離れて、古代遺跡に飛び下りる。そしてゲートらしき場所へ駆け寄った。

俺は聖剣が壊れないように、魔力を調整しながら時間を稼ぐ。小さかった亀裂は、次第に大きくなっている。

いつ砕け散ってもおかしくはない状態だった。

横目でロキシーを見ると、ゲートらしきものを操作するところを見つけたようだった。

「ロキシー！　早くっ！」

「見たこともない構造なので……どうすれば……」

戸惑いながら彼女が触ると、ゲートが勝手に動き出し始めた。

使い方のわからないロキシーに魂たちが集まってきて、何かを伝えようとする。

「えっ！　ここをこうするの。そうして、こう？　わかりました……こっちですね」

導かれるまま、操作するとゲートらしきものは完全に起動して、違う世界を映し出した。

間違いない！　これは元の世界に帰れるゲートだ。

だが、ガラス越しのように映し出された世界は、俺たちの知らない植生をしていた。

見たことのない動物が歩き回り、不思議な木々が生い茂っている。少なくともあそこは、俺たちが住んでいた王国とは違っていた。

しかし、光の球体は迷わずにゲートに飛び込んでいった。そしてロキシーを助けてくれた魂たちもそれを追って中へ入ってしまった。

「このゲートを潜りましょう」

「ああ、信じよう。きっとあそこからでも家に帰れる」

俺は翼を羽ばたかせて、ロキシーのもとへ行き、抱き寄せた。

「行こう」

「はい」

そう思った矢先、魔力を注いでいた聖剣が砕け散った。

黒い球体を捕縛していた場所から強い黒い光が発せられたのを見た。

途端に黒い球体が急速に膨張していくのが見えた。

「早く中へ」

ロキシーのその言葉と共に俺たちはゲートへ飛び込んだ。

その先にのどかな森が広がっていた。彼の地の空気より澄んでおり、それだけ癒されてしまうほどだった。

光の球体となった魂たちは、元に戻って脱出できたことを喜ぶかのように俺たちの周りを飛んでいた。

魂たちと一緒に喜び合おうとしたのも束の間、俺たちが出てきた場所から黒い霧が漏れ始めた。

「まさか、ここに来ようとしているのか……」

「……フェイ」

ロキシーが息を呑む音が聞こえた。俺たちにもう武器はないのだ。

黒い球体がこの世界に入り込んだら、何が起こるか恐ろしくて想像したくない。

『フェイト……俺様を使えっ』

グリードの声が聞こえたような気がした。俺は鞘にしまったままの黒剣をみると、僅かに赤い光を帯びていた。

「まだ力を貸してくれるのか……相棒」

ロキシーも黒剣の変化に気がついているようだった。

「私の中にいるスノウちゃんも力を貸してくれるって言っています」

俺は黒剣を鞘に納めたまま、残ったすべての魔力を注ぎ込む。ロキシーも俺の手に自分の手を重ねて、すべてを送ってくれた。黒剣に帯びていた光が赤から虹色へ変わる。

きっとこの光なら、どのようなものも退けることができる。そう思わせてくれる力強い光だった。

彼の地から出ようと、黒い霧が辺りに漏れ出して、本体の球体が顔を出そうしていた。

「これで終わりだっ」

「「セイクリッドクロス!!」」

黒い球体を押し返し、消滅させながら虹色の光が眩さを強めていく。

「いけえええぇぇっ」

完全に浄化したところで、彼の地とここを繋ぐゲートも衝撃によって壊れてしまったようだった。

俺たちは静まり返った森の中で、へたり込んでしまった。

見守ってくれていた魂たちは、今度こそ自由になったとばかりに俺たちの周りをしばらく漂った後、どこかに飛んでいってしまった。

俺たちは互いに見つめ合って、抱き合った。

「帰ってきたんだ！」

「はい、帰ってこれました！」

そして、一呼吸おいて森を見回した。やっぱり俺たちの知らないところだった。

どこへ行けばいいものやらと、二人で首を捻っていると、茂みから物音が聞こえた。

慌てて身構えるが、そこから出てきたのは……頭に犬の耳を生やした人の子供だった。

ロキシーはその女の子を見て、目を輝かせる。

「なんて可愛い！　どこから来たんですか？　お父さん、お母さんはどこ？」

声をかけるが憔悴していたようで、気を失って倒れ込んでしまう。俺は急いで受け止めた。

そして顔つきを見ながら、ロキシーに言う。

「この子は人間じゃない。頭の耳もそうだし、指先の爪も鋭い」

「御伽話で出てくる獣人でしょうか？」

そうかもしれないと俺も思った。そして、ここは俺たちが住んでいた……帰るべき場所ではないこともわかった。

この娘をこのままにしていくわけにはいかない。

みんなが待つ場所へ帰るのは、もう少しだけ御預けだな。

「放ってはおけない。親元へ帰そう」

「そうですね。フェイらしいです。私も協力します！」

俺たちは立ち上がり、獣人の子供を抱えて森の中を歩き始めた。

ロキシーと一緒なら、知らない土地でも怖くはない。俺たちは自然と手を繋いでいた。

あとがき

お久しぶりです。一色一凛です。

『暴食のベルセルク』のアニメはいかがでしたでしょうか？

監修は不慣れなことばかりで、たくさんの人たちのお力をお借りしました。脚本やキャラクターデザインなどの監修で良い経験をさせていただきました。またアフレコについてはスタジオから遠方にいるため、声を聞くのみですが参加させていただきました。やはり、実際にその現場にいて体験してみると、予め調べていたよりも全く違っていました。和やかでありながら、緊張感がピリピリと肌に伝わってくるようでした。

監修はとても良い刺激となって、たくさんの元気をいただきました。まだ、アニメを見てない方がいましたら、ぜひ見てみてください。

最後に、コミカライズの滝乃大祐先生、いつもありがとうございます。父親と再会したフェイトがどんどん成長していく様子はとても素晴らしいです。

カバーイラストや挿絵を描いてくださったfameさん、サポートしていただいた担当編集さん、関係者の皆様に感謝いたします。

ファンレター、作品のご感想をお待ちしています!

【宛先】
〒104-0041
東京都中央区新富1-3-7　ヨドコウビル
株式会社マイクロマガジン社
GCN文庫 編集部

一色一凛先生 係
fame先生 係

【アンケートのお願い】

右の二次元バーコードまたは
URL (https://micromagazine.co.jp/me/) を
ご利用の上、本書に関するアンケートにご協力ください。

■スマートフォンにも対応しています(一部対応していない機種もあります)。
■サイトへのアクセス、登録・メール送信の際の通信費はご負担ください。

GCN文庫

暴食のベルセルク
～俺だけレベルという概念を突破して最強～⑧

2024年4月28日　初版発行

著者　一色一凛
イラスト　fame
発行人　子安喜美子
装丁／DTP　横尾清隆
校閲　株式会社鷗来堂
印刷所　株式会社エデュプレス
発行　株式会社マイクロマガジン社
〒104-0041　東京都中央区新富1-3-7　ヨドコウビル
［販売部］TEL 03-3206-1641／FAX 03-3551-1208
［編集部］TEL 03-3551-9563／FAX 03-3551-9565
https://micromagazine.co.jp/

ISBN978-4-86716-560-7 C0193